U0908129

中国专业作家小说典藏文库

中国专业作家小说典藏文库
吴玄卷

陌生人

吴玄◎著

中国文史出版社

目录

第一章

何开来消失一年之后，来了一个电话说，我还活着。我说，我想你也活着。他说，你想得很对，我就告你一声，我还活着。别的也没什么可说。我以为他要问问何雨来的，他也没问，就挂了电话。

我想象得出他还是老样子，不死不活。他活着其实跟死了也差不多。我这样说，并不是冷漠，我的意思是他的活法跟别人不一样，他像死人一样活着。

不过，他也不是从来就这样，他曾经还是我们何家的希望。他从小读书就好，中学毕业考上了南京大学历史系，那是全国著名的大学，很长一段时间，我都为我有这么一个哥哥感到自豪。毕业后，他回到箫市，分在市府办公室当秘书。他是自己要求回来的，本来，在一九九二年，大学生还算是相当稀缺的物种，分在北京、上海、广州这些大城市，并不困难，这肯定也是大部分人的选择。箫市只是一个比小镇稍大些的小城市，虽然回来很受重视，但总归是有些可惜。

当时，我父亲是不赞同他回家的，父亲觉得在箫市能有什么出息，就算再出人头地，顶多也就是市长吧。尽管父亲直到退休，也不过是机关里的一个小科员，但箫市的市长，还是不放眼里的。箫市人从来都看不起箫市人，大概是城市太小，自卑吧。所以何开来回家，对父亲是个打击。不知为什么，父亲一直认为他将来要成为大人物，至于什么样的大人物，倒是可以商量的，比如当很大的官，或者成为很有名的历史学家，都是可以的。而当大人物的前提就是要在大城市待着。父亲说，大城市才能成就大人物啊。可是，何开来好像一点儿也没有成为大人物的愿望，他也不跟父亲商量商量，就擅自跑回家来了。

父亲说，一个年轻人，不去大城市施展才华，跑回家来，干什么？

何开来说，跑回家来干什么？我也不知道干什么，但是，回家也要理由吗？你不要我回家？

父亲说，不是我不要你回家，而是你应该胸有大志，去你该去的地方。

何开来说，哪儿是我该去的地方？

父亲说，北京，最好当然是北京了。

何开来说，去北京干什么？

父亲说，干什么？你想干什么就干什么，至少可以干你的本行，研究历史。

何开来说，历史有什么好研究的，鲁迅已经研究过了，历史就是两个字：吃人。

何开来抬出鲁迅，父亲一时就不知道怎么回答，关于历史，显然他更有发言权，但他这样理解历史，让父亲感到很不安，父亲脸上的表情变得陌生，好像突然间不认识他的儿子了。何开来一点儿也没注意父亲的反应，一副没心没肺的样子，说完“吃人”两字，似乎很得意，朝我做了一个吃人的鬼脸，然后带着一脸的不屑出门去了。也不知道他是对“吃人”的历史表示不屑，还是对父亲要他胸怀大志做大人物的想法表示不屑。

何开来出门之后，父亲陷在沙发里，垂着头，显得忧心忡忡。母亲过来说，咳，你瞎操心什么，何开来回来不是很好，我就不喜欢他去北京、上海工作，那么远，一年也难得看到一次。父亲没有接话，大概以为这是妇人之见，不值得一驳。半天，父亲抬起头，长叹了一声，唉。

父亲的忧心也许是有道理的，但他一定没想过何开来后来竟是那样的，一个无所事事游手好闲对什么都无所谓不在乎的废物。他之所以选择回家，并不是想干什么，而是想什么都不干。直到现在，我也不明白他怎么就变成了这样一个人。我常常想，如果当初他不回家，情况又会怎样。我估计也不怎么样，大概还是那样的一个人，只不过换了一个地方而已。回家，怎么说也不能成为堕落的理由。

没几天，听说何开来被分到市府办公室当秘书，父亲好像就原谅了他的胸无大志，对他当秘书也表示了相当的满意，甚至想带领全家上馆子吃一顿，以示祝贺。何开来说，不就是一个小秘书，有什么好祝贺的。父亲说，你不把秘书的位子放在眼里，是好的，就是箫市的市长又算得了什么。但是，但是，父亲但是了好几下，又说出某某某也是当过秘书的。父亲是想让何开来以某某某为榜样，某某某自然是大人物，而且不是一般的大人物。父亲拿这样的大人物给他当榜样，虽然可笑，倒是够有气派的。

父亲似乎已经把何开来当作了一个政治人物，起码也是未来的一个政治人物。父亲有饭后散步的习惯，那几天，他很严肃地让何开来陪他散步，说是散步，其实是上政治辅导课。父亲双手反剪在背后，踱着八字步，时不时地咳嗽一声，看上去确实蛮像官僚。父亲教导说，当秘书就该如何如何，如何看科长的脸色如何看主任的脸色如何看市长的脸色。

父亲很权威的样子，好像他就是这么一个靠看别人脸色活着的马屁精。其实他一点儿也不擅长此道，所以他老人家这辈子混得很是窝囊。他一定是痛定思痛之后，才总结出这么一套秘书宝典。

何开来说，不可能，我不会。

父亲说，不会？你就当不了秘书。

何开来说，那就不当。

不当？不当你回家来干什么？

父亲的声音很响，近乎恼怒了，何开来见他这样，就不说话了，让他一个人说。

父亲又说，你不想听我说话？

何开来说，没有。

父亲说，你不想听，你就走吧。

何开来说，那我走了。

何开来真的走了，父亲大概是很生气的，但第二天，他还是让他陪着散步，还是不厌其烦地教导，当秘书就该如何如何。

我不知道何开来对秘书的厌恶是否就是从父亲这样教导开始的。上班的第一天，何开来就像被阉了似的，一点儿精神也没有，都快八点了，还赖在床上。父亲见状，忍不住大声地叫，何开来，何开来。何开来懒洋洋地应了一声。父亲说，你不是今天上班吗？何开来说，是的。父亲说，还不快起来，都几点了？何开来说，没关系，不就是上班嘛。父亲见他这么不把上班当回事，觉着不教训一顿是不行了。等他起来，父亲摆出训斥的姿态，说了一通准时上班如何如何重要，尤其是对刚刚踏进社会大门的年轻人如何如何重要。应该说，父亲说得没错。但何开来根本不想听，不耐烦地说，重要？重要什么啊，就那么重要？

何开来说的好像也是事实，父亲又不知怎么回答了。父亲没上过大学，面对刚刚毕业的南京大学历史系学士，明显底气不足。父亲搓搓手，又看看左腕上的手表，时间已过了八点，父亲就放弃了教训，忙着上班去了。

何开来吃完我为他准备的早餐——两个包子和一碗豆浆，

干脆把上班的事给忘了。他的牙齿长得不太整齐，容易塞牙，大概是面包屑塞着了牙隙。他在房间里探头探脑找了好一会儿，终于找到了牙签，然后站到镜子前，咧着嘴，很是仔细地剔了许久。剔完牙，他依旧站在镜子前，手指捏着牙签，面无表情地看着镜中的自己，也不知道他是自我观赏，还是自我审判。

我说，哥，你也那么臭美了，站在镜子前面不走。

何开来一惊，说，不敢，跟你比差远了。

我说，跟我比，我才不敢，你的臭美都可以跟何雨来比了。

我这样说，何开来有点儿不高兴。何雨来是我们的妹妹，可这个妹妹，不仅搔首弄姿，还尽干些丢人的事，让家人难堪。最难堪的自然是我，因为我们两个是双胞胎，长得几乎一模一样。我上街稍不小心就会碰上她那些不三不四的朋友，嘻嘻哈哈地来拍我的肩膀。等我又羞又恼，怒目而视，他们才做出认错人的样子，惊讶地说，啊，对不起，你不是何雨来？我听何雨来说过，她有个双胞胎姐姐，长得一模一样，确实一模一样，对不起啊。

何开来说，你不要看不起妹妹，其实，我们跟妹妹都差不多。

我说，你才差不多，你真的不上班了？

上班？哦，上班。何开来说，跟你在家里耍贫嘴，还不如上班。

何开来这才眯着眼准备去上班，刚出门，门外夏日强烈的阳光刺到脸上，他摇晃着打了一个喷嚏，差点儿摔倒在地上。

何开来在市府当秘书还不到半年，就调到了电视台。当时我不知道市府秘书比电视台记者要好。电视台的记者，扛着摄像机到处晃来晃去，神气得很，我还以为调好了呢。

但他这次调动，害我父亲差点儿大病一场。何开来回家兴致勃勃宣布他不在市府待了，他调到了电视台。父亲刚好在吃一个苹果，听了，手一松，嘴上的苹果掉到了地上。父亲问，你调到电视台？何开来说，嗯。你到电视台当什么？当记者。就当一个记者？不当记者当什么。是你自己要求的？是的。父亲的嘴唇忽然控制不住地抖了几下，呼吸也粗了，严厉地说，你、你、你这是自毁长城。何开来奇怪地看着父亲，说，什么自毁长城，不就是一个市府小秘书。父亲瞪着何开来大声说，几乎是吼了，你懂个屁，你读书白读了，你给我回去当秘书，不许调动。

何开来原来是很高兴地宣布他调动的消息的，不想父亲朝他发这么大的火。他睁着一双无辜的大眼睛，赌气说，我就不当秘书，又怎么样？说完，再不给父亲发火的机会，一转身，跑了。

何开来跑了，父亲没有了发火对象，就朝我和母亲喊叫，他哪里是调动，肯定是受了处分，一个市府秘书，如果是组织调动，到电视台起码也是个中层干部，怎么会只当一个记者？

调动这种事，我不懂，但听父亲说何开来受了处分，我和母亲都很紧张。想想何开来，从来也不好好上班，吊儿郎当的一点儿正经没有，一定是受了什么处分。那晚，父亲决定去市府办公室陈主任家走一趟。不知为什么，父亲让我陪着一起去，这让我不太理解，我陪他有什么用呢？父亲见我不想去，也就不好意思勉强，毕竟我还是学生，无法替他分担什么。可母亲又驱使我说，燕来，陪爸爸去。我只得陪父亲去了。平时，父亲是不去领导家串门的，这有损于他的自尊。他为了何开来去陈主任家，一定很不自在，有我陪着，大概心里可以放松一些。如果父亲想找陈主任说情，他应该找一个有分量的人物陪的，他让尚未走上社会的女儿陪着，这说明父亲实在是不懂关系学，所以他一辈子在机关里只能当一个小科员。

陈主任家离我家并不远，都是市府宿舍，就在市府边上。我家是旧楼，在虹河的南边，他家是新楼，在虹河的北边，一出门便可以看见陈主任家的灯光。我们走到了虹桥上，一阵风刮来，好像还夹杂着冰凉的雨点，父亲一哆嗦，才想起两手空空去领导家是很不妥当的。我们赶到后街，买了一条中华香烟、一盒西洋参切片。父亲提在手上，感到分量太轻，又买了五斤苹果，总共花掉五百多块钱，比他一个月的工资还多。到了陈主任家门口，父亲把礼物转到我手上，犹疑着敲了敲门。陈主任见是父亲，有些意外，说，啊，哈，你呀，稀客。陈主任看见背后跟着个女的，手里还提着东西，注意力就集中到了我身上。父亲说，我女儿。陈主任说，你女儿也这么大啦。

父亲带着我来陈主任家，陈主任以为我有什么事找他帮忙，总是问我的情况，父亲很费了些功夫才把话题转到何开来身上。

父亲好像准备好了替何开来认错，低垂了目光问，陈主任，何开来在你手下是不是干得很不好？

陈主任没有立即回答，想了想，点头说，嗯，蛮好的，蛮好的。

父亲说，他今天回家说，他调到了电视台？

陈主任说，是的。

父亲说，他在市府办还不到半年，怎么这么快就调动？

陈主任说，嗯。

陈主任等于什么也没说。父亲等了一会儿，还是吞吞吐吐地问了，何开来是不是犯了什么错误？

没有。陈主任见父亲忐忑不安，又补充说，何开来蛮好的，很有个性。

父亲说，我觉着他的调动不太正常。

陈主任说，调动是他自己要求的，他没跟你商量？

父亲说，没有。

陈主任笑了笑，感慨说，现在的年轻人太有个性了。

父亲说，能不能不要让他调动？

陈主任说，他已经调走了，电视台也很好啊，热门单位，不是随便什么人就能进去的。

从陈主任家出来，父亲连续叹了几口气。走到河边，父亲掏出一根烟点上，站着不动了，不知道他在想什么。他不许何开来调动的愿望并没有实现，陈主任家这一趟算是白来了。他是不是在心疼那五百多块钱？我陪父亲站着，看着河对面自己的家，因为是夜间，河面暗黑，看上去比白天宽了许多，河对面的家好像非常的遥远，我莫名其妙地就有种背井离乡的感觉。父亲突然咳嗽了一声，大概是被烟呛了。父亲有咳嗽的老毛病。一听见咳嗽，父亲便赶紧移动脚步，企图在走动中阻止第二个咳嗽发作，但是不能。父亲是一路咳嗽着回家的，样子有点儿惨，显得这次陈主任家的公关活动特别失败。

到了家，父亲的咳嗽还没有停止，反而更严重了。父亲弓着身子，竭力忍着，忍得脖子都要胀破了，但咳嗽还是从喉咙深处冲出来，一个比一个响，一个比一个长。咳到后来，父亲的身子似乎马上就要散架了，不咳的间歇只是拼命地喘着粗气。我母亲一边帮着捶背一边慌乱地问我，你爸在陈主任家受了什么刺激？我说，没有，陈主任说何开来挺好的。父亲艰难地抬起头，断断续续说，陈、陈主任的话，你、你不懂的，说你，说你很有个性，就是说你，说你很不好。我呆呆地望着父亲，我确实不懂，很有个性就是很不好的意思。我反倒有些同情何开来了。父亲说着，又一个强烈的咳嗽，那种响声，有种身体的撕裂感。看来，不上医院，父亲的咳嗽是不会停止了。

从医院回来已经是半夜，父亲在医院打了吊针，吃了药，终于慢慢地安静下来。这时，何雨来刚从外面回来，一进门，就闻到一股舞厅那种混乱的气味。我说，又在哪儿鬼混？何雨来说，你才鬼混。说着便往父亲的房间闯，但随即让母亲赶了出来，并且把房门关上了。何雨来拉着脸说，妈妈干吗那么凶？我说，爸爸病了。什么病？咳嗽。爸爸本来就咳嗽。何雨来的口气是，爸爸的咳嗽根本算不上病。再一会儿，何开来也回来了。看见他，何雨来才高兴起来，在这个家，只有何开来跟她比较亲近。何雨来上前撒娇说，哥哥，你这么晚才回来。何开来说，我看你也是刚刚回来。嗨，我比你早一点点。接着，何雨来又煞有介事地说，告诉你一个不幸的消息，爸爸病了。何开来说，什么病？咳嗽。爸爸本来就咳嗽。我发觉，关于爸爸的咳嗽，他们两人的口气完全一模一样。我说，本来就咳嗽，就不是病了？我和妈妈送他上医院，才回来。他们看看我，同时说，哦。我说，哥，爸爸这回是被你气病的。何开来说，我什么时候气他了？我说，你不在市府好好干，爸爸很失望，爸爸为你还专门去了一趟陈主任家，回来就病了，咳嗽得很厉害，都快咳出血来了。何开来皱了皱眉头，你说的是真的？我说，真的。何开来沉着脸说，咳，爸爸这个病，完全没有必要。我说，哥，你怎么这么冷血。何开来瞥了我一眼，成心要跟我斗嘴似的，我就这么冷血。说着生气地进了自己的房间。

我对何开来的讨厌，可能就是从那声“咳”开始的，带着冷漠、嘲弄，好像生病的不是他的父亲，而是与他毫无关系的什么人。想想父亲也怪可怜的，何开来这个样子，根本无法跟他对话，他对何开来的爱和失望，也只有通过自身剧烈的咳嗽，才能表达了。

何开来去电视台，据说是因为文如其。文如其是电视台的编辑，比何开来大几岁，披着一头长发，刻意地遮了大半个脸，他的脸本来就嫌窄，留了长发，就愈加窄了。在他那张被长发覆盖了的窄脸上，竖着一只鼻子，横着两道眉毛和一双细眼，看起来不像是一个真实的人，而像一张相当夸张的漫画，并且不像是人画的，而是鬼画的，透着地狱的那种黑气。相比之下，何开来简直就是阳光男孩了，发型是很短的寸头，他的脸偏圆，有点儿孩子气，还有一双大眼睛。但是，父母给他一双大眼睛，其实是一种错误，他的眼睛若是小一点儿，估计就不会总是弥漫着那种无辜的气息了，好像他来到这个世界是极不情愿的、无可奈何的，所以他必须无聊到底，什么都不干。不过，他这样子倒是蛮讨异性喜欢的，起码何雨来就喜欢，她经常仰着脖子说，哥哥，你好迷人哦。何开来若不是她的哥哥，我想，她真会立即扑上去的。

他们是在一个有很多人的会议上认识的，他们坐在一起，都在埋头画画。画完了，何开来发觉文如其画的居然跟他画的惊人的一致。后来，他们就在纸上对起话来，觉着甚是臭味相投，立即就成哥们儿了。

会开到一半，他们就溜了出来，文如其紧紧握着何开来的手说，哥们儿，我们喝酒去。

何开来说，好的。

文如其说，哥们儿，你在哪儿上班？

何开来说，市府办。

文如其说，市府办？你当秘书？

何开来说，是的。

文如其说，你当秘书不好好做记录，你在画什么画？

何开来说，有问题吗？

文如其眯了眼，仔细地看了看他，就像在鉴定一件什么东西，然后说，没问题，我喜欢，你不像一个当秘书的。

何开来说，谢谢，我也喜欢，这是对我的最高评价。

文如其把他带到了玛雅酒吧。酒吧在当时的箫市算得上是一个时尚玩意儿，多少有点儿新潮、前卫、另类的意思，它和歌厅、发廊、夜总会、桑拿同时兴起，代表着二十世纪九十年代的生活方向。文如其原来是玛雅酒吧的股东之一，酒吧的房子是他的，他以房子入股，只是他不懂经营，只管喝啤酒，他喝掉的啤酒比谁都多，这样合伙人不好算账，建议他退股，专收房租，他觉着也是，就退股了。但他还是习惯去玛雅酒吧，好像还是他自家开的。另外，文如其在酒吧里竖了一个代表阳具崇拜的图腾。这在箫市，无论如何都是惊世骇俗的，在很多人眼里，它代表下流，但在文如其眼里，它代表文化，代表一种叛逆的精神，他们围着它喝酒、狂欢、胡闹，以为回到了几千年前的某个印第安部落。

何开来一进门，就被它吸引了，他摸了摸图腾身上的阳具，说，哈，好玩。

文如其说，好玩吧。

何开来说，我想跟他干一杯。

文如其说，好，小姐，拿酒来。

他们从下午一直喝到了半夜，何开来确实是遇到了知己。平时他并不怎么喝酒，他是陪文如其喝的。从酒吧里出来，他的感觉甚好，他觉着工作实在是太压抑了，现在，他的本性得到了恢复。他们沿着虹河慢慢地瞎逛，他突然想起了癞蛤蟆。河里癞蛤蟆是很多的，它们经常就趴在我家的门槛上。可是，鬼知道为什么现在他突然想起它们来，或者，此刻他的脑子里已经充满了癞蛤蟆的声音。

何开来说，癞蛤蟆。

文如其说，什么？

何开来说，河里癞蛤蟆很多。

文如其说，嗯。

何开来说，我想听癞蛤蟆叫，它为什么不叫？

文如其说，现在是冬天，你才叫呢。

何开来说，我喜欢癞蛤蟆的声音，它跟蛤蟆不同，蛤蟆是男高音，它是男中音，苍凉而低沉，它叫起来像老男人在哭。

文如其说，你喝多了。

何开来说，我没喝多，我考考你，它和蛤蟆还有什么不同？

文如其说，是脑筋急转弯吗？

何开来说，不是，是哲学。

文如其说，不知道，哲学傻瓜才知道。

何开来说，好，我是傻瓜，我告诉你，蛤蟆是现实主义者，癞蛤蟆是浪漫主义者。

文如其说，不懂。

何开来说，连这个也不懂，你才傻瓜，因为癞蛤蟆想吃天鹅肉嘛。

文如其说，还是脑筋急转弯，小儿科。

走着走着，何开来觉着啤酒在他的体内四处流动。他停了下来，对着大门做恶心状。大门开着，里面漆黑一片。文如其说，你看什么？何开来说，不看什么，我想撒尿。说着他朝大门就撒起了尿来，文如其笑了一下，跟着也朝里面撒尿。何开来的嘴上还念念有词，这撒尿比那个还舒服啊，我把整个世界淹没了。

第二日，何开来睡过了头，又挨了主任一顿训斥，他闷闷不乐地跑去找文如其，大概是想讨点儿安慰，回顾一下昨夜他们的壮举。不料文如其说，你这么散漫，当然要挨批了。何开来说，我是有点儿散漫，可能还有点儿玩世不恭，玩世不恭不是我故意的，那是人家的看法，人家怎么看，我以为跟我没有关系，我这么以为，人家就更以为我玩世不恭了。我上班时，不小心还会把脚跷到桌子上，让脚部高于脑部，这个坐姿有利于脑部血液供给，是最舒服的。可是这样在市府不行，我不想在市府待了，我想找一个可以随便跷脚的地方上班。文如其说，呵呵，你不是一个当秘书的料，那地方确实不适合你待。

何开来说，我知道，可我待哪儿？文如其说，来电视台吧，我们一起混。

何开来就真的去电视台了，他对当记者好像蛮有兴趣，他喜欢摄像机，对他来说，那是一个相当昂贵的玩具。他没学过摄像，但摄像似乎并不难，摄像机那东西只是看起来吓人，其实非常简单，按何开来的话说就是，一个傻瓜也可以在一天之内学会摄像。

上班的头一天，何开来带了一架摄像机回来，他从来没有这么兴奋过，在房间里走来走去，对着所有的东西拍了又拍，一会儿说茶几的摆设不对，一会儿说衣柜的颜色不对，一会儿又说我们的位置不对，在他的镜头下，我们这个家几乎没有什么东西是对的。父亲不习惯摄像机镜头对着他，在他的印象中，摄像机是架在会场里专门拍摄领导用的，是权力的象征，不可以拿回家里玩。父亲说，你刚上班就把摄像机拿回家里玩，像什么话。何开来正在兴头上，没有计较父亲的斥责，继续指挥着我们应该这样这样，应该那样那样。我们被折腾得都懒得理他了，只有何雨来跟他同样的兴奋，在镜头前面装模作样地做着各种动作，还做主持人状：观众朋友们，晚上好，我是主持人何雨来，哈哈哈……后来，何开来嫌家里的拍摄环境不好，将拍摄现场转移到了外面的河边。回来了两人很专注地盯着目镜观看，那种表情就像上帝刚刚创造了世界，惊奇、满足，充满成就感，何开来还不停地自赞，你看，你看，我拍得多好。

此后，何开来很是认真了一阵子，扛着摄像机，出现在箫市大大小小的各种场合。我不知道他在那些场合是否也像在家里那样兴奋。扛着摄像机，似乎就可以随意地摆布任何人，确实是很好玩的，而且他经常有礼品带回家，比如一件衬衣、一条领带、一块手表、一盏台灯、一个皮包、一盒茶叶、一瓶酒，他成了家里的创收大户。这样，父亲心里才稍稍踏实了些，觉着原来当记者也不错，至少是比较实惠。

可是，何开来当记者的兴趣也没能维持半年，到了夏天，他又懒洋洋的什么都不想干了。这回，父亲把责任推到了文如其身上，认为何开来整天跟他混在一起，受了感染。

大约夜里十点过后，文如其就像个幽灵一样来到我家门前。我家就住一楼，文如其在窗外轻轻敲几下玻璃，嘴里嘀咕着，夜游了，夜游了。何开来便跟影子似的，从家里消失了。这时，何开来的一天才刚刚开始。他的一天通常是这样的：天快亮的时候回家或者干脆不回家，上午睡觉，下午没有固定内容，一般自称上班，晚饭后端一盆水在门外的空地上洗一个冷水澡（我们家是机关旧宿舍，没有浴室，也没有厕所，上厕所更不方便，得去河边的公厕），然后关在房间里发呆或者说等文如其叫他夜游。他们先是沿着虹河闲逛，虹河两岸种着两排柳树，有点儿杨柳岸的意思。当然，他们并不是看风景，他们的目标是东边的玛雅酒吧。他们总是待在酒吧里，酒吧的音乐撕心裂肺的，在那种地方，最大的好处就是他和何开来可以不说一句话，只要互相干瞪眼喝啤酒就是了。而且敢来这个酒吧的女性都是年轻的、时髦的、想发发疯的，不久，何开来的传闻通过何雨来传到了家里，何雨来大喊大叫说，哥哥在外面太不像话了，不但乱搞男女关系，还嫖娼。何雨来说的也许是事实，但这话由何雨来大喊大叫说出来，多少有些可笑，她不是也乱搞男女关系吗？

不知为什么，这回父亲没有亲自出面教育，而把任务交给了母亲，大概他认为这男女之事不属于他的管辖范畴。我母亲这方面也是外行，她是中学音乐教师，又出身于知识分子家庭，我外公做过中学校长，还当过右派。虽然这样的家庭曾经备受摧残，但母亲依然保持了一些斯文，像“乱搞”“嫖娼”这样的词语，她是羞于出口的。再说，教师往往教不好自己的孩子，比如何雨来，就是证明，她拿何雨来一点儿办法也没有。对付何开来，她的办法尽管不灵，却是聪明的。她敦促何开来尽快找个女人结婚，有了老婆，自然就不会在外面胡闹了。

母亲说，何开来，你该找个对象了。

何开来说，这是我个人的事，不用你操心的。

母亲说，我是不想操心，可我不得不操心，我希望你尽早结婚，安家立业，我等着退休了抱孙子呢。

何开来说，这个，很简单的。

母亲说，很简单，你给我找一个带回家来看看。

何开来说，好的。

没几天，何开来果然宣布要带女朋友回家了。为这事，母亲忙了一天，一大早，上菜市场买了血蚶、蛸蠓、黄鱼、对虾、乌骨鸡这些平时舍不得买的好菜。母亲又小心地把房间清扫了一遍，母亲额头冒着汗，看看这儿，看看那儿，毕竟这是老宿舍，寒碜了些。母亲一会儿嫌沙发太旧，一会儿嫌墙壁肮脏，擦不干净，一会儿又抱怨房内没有卫生间，实在是不像样，母亲是怀着惴惴不安的心情，迎接她未来的儿媳妇的。

另外，还有个人也忙了半天，从中午开始，何雨来罕见地没有出门，一直站在镜子前面涂脂抹粉，好像憋足了劲要跟何开来的女朋友比一比，到底谁漂亮。

我说，何雨来，又不是你去见公婆，你忙什么啊？

何雨来说，你去死吧。

你去死吧，是她骂人的口头禅。我说，干脆你也带个男朋友回来，一起见好了。

何雨来又说，你去死吧。

何开来的女朋友黄小丫倒是没让我们失望，长得是不错的，基本符合金童玉女的想象，只是缺少一点必要的羞怯感，当着我们的面，和何开来也拉拉扯扯的，亲密得有点儿像老夫老妻了。不过，这也可以理解为大方，说到底大方有什么不好。我母亲当然要查查家谱，问问人家是干什么的，人家的家世也不比我们家差，母亲也就表示满意了。只有何雨来，好像存心捣乱似的，看见他们拉拉扯扯，故意挤到他们中间，拉着何开来的手，傻乎乎说，他是我哥哥。黄小丫说，嗯。何雨来又炫耀说，我哥是名牌大学生。黄小丫说，嗯。何雨来说，你是哪儿毕业的？你可要对我哥好哦。何雨来的表现像个白痴，让何开来感到丢脸，何开来抽回手，生气说，去，去，去。何雨来大概也生气，一转脸，告诉母亲她有事，饭也不吃，就跑了。害得母亲赶紧替她解释，这是我们家最小的女儿，最不听话。黄小丫只是笑笑，一点儿也不奇怪，好像她早就知道何开来有这么一个妹妹。

此后几天，母亲时不时地谈论着何开来的女朋友，总的感觉是好的，但隐隐又觉着有什么地方不对，大约还是过于大方了。大方就随便，随便就容易那个，没过门就那个总是不对的。母亲确实是过分老派了，何开来的恋爱不是她能想象的。

当母亲再次要求何开来带黄小丫回家来吃饭，何开来先是装作没听见，母亲说，何开来，问你呢，带她回家来吃饭。

何开来一脸茫然，好像他早忘了他有个女朋友，支支吾吾说，你是说上次那个？

母亲说，你还有几个？

何开来说，当然有了。

母亲说，少给我贫嘴，带她回家来吃饭。

何开来说，吹了。

母亲说，吹了？

何开来说，吹了。

母亲不相信恋爱才谈那么几天就吹的，母亲说，你们吵架了？

何开来说，不是吵架，是吹了。

母亲说，为什么？为什么吹了？

何开来说，不为什么，就吹了。

母亲说，不为什么？凡事都有个理由，是她不要你了？

何开来说，不是。

母亲说，那就是你不要她？

何开来说，不是。

母亲说，你？你？你？

何开来说，别烦了，不就是女朋友，你要，我再带一个回来给你。

何开来的口气，一点儿也不在乎，好像女朋友根本不算什么，顶多也就相当于餐巾纸吧，用过就可以扔掉。当然，也可能是人家把他当餐巾纸了。但他肯定也是无所谓的，脸上一点儿被抛弃的痛苦也没有。这让母亲很受折磨，不知道现在的年轻人到底怎么了。后来，何开来也带女朋友回家，不过，照例都只有一次，他换女朋友的速度真是比女人换衣服还快。慢慢地，我发觉何开来的女朋友们，大体上都是一种类型的，都是披肩发，脸蛋看起来清纯，有水的感觉，而行为又是大胆的，喜欢喝酒。

我把我的发现告诉何开来，他愣了愣，说，是吗？

我说，你就等于一个女人一次性买了十件相同的衣服，然后不厌其烦地换来换去，有什么劲啊。

何开来说，谢谢提醒，下次我一定找个不一样的。

我说，哥，你也该正经点儿了，爸退休了，妈也快退休了，我们家就靠你了。

靠我？何开来耸了耸肩膀说，我是靠不住的，还是靠你吧，我们家就你正经。

我知道何开来不喜欢我这样跟他说话，我也就懒得说了。

第二章

在这个世界，如果有一个人跟你长得一模一样，那是很不幸的事情。我这样说，是指我自己，我和何雨来原本应该是一个人，但造化却把我们弄成了两个，从小人们便分不清我们谁是谁，就是母亲帮我们洗澡，不小心也会闹一个洗两遍而另一个却没洗的笑话。我们其实可以不用镜子，只要互相看看对方，就知道自己是什么样子了，即便照着镜子，也很难确定镜中的那个人就是我，还有另一个我就站在不远处，镜中的那个没准刚好是何雨来呢。照理，我和何雨来应该什么都差不多的——我们的思维，我们的性格，我们爱吃什么菜，我们爱穿什么衣服，我们生什么病，我们喜欢什么男人——如果再神秘点儿，我们还应该有心灵感应，她想什么，我也想什么。可实际上，我们的区别之大，我们自己都感到惊异，好像我们在人生的某个点上突然分离了，各自沿着相反的方向奔跑，越跑越远，越跑越远。

我们一同来到这个世界，前后不过相差十分钟，然后我们一同成长，一同上幼儿园，一同上小学。父母也刻意把我们打扮得一模一样，我们穿着相同的衣服，梳着相同的辫子，好像两个人完全一样，是很有趣的。走在街上，我们总是吸引着人们好奇的目光，好像我们长得这么像，唯一的目的就是让大家观看，我们生来就是演戏的。不知从什么时候开始，我对这样被观看越来越感到厌烦，而何雨来却越来越喜欢被观看。问题是，若没有我的合作，她也就没什么人看，所以，她上街总想拉我一起走。而我就是不肯。我们的矛盾就出来了，我们之间的差异渐渐也显示出来了，我好静，她好动。在学校，老师和同学可以这样区分我们，动的是何雨来，不动的是何燕来。如果我们两个都不动或者两个都在动，他们还是很难区分。

母亲的愿望是让我们长大后弹钢琴。她有钢琴情结，她小时候学过钢琴，但随着外公被划为右派，她也就无处可学了。母亲一直认为，她有音乐天赋，手指又长，若不是家庭横遭变故，她可以成为一个钢琴家的。现在，她把梦想寄托在了我和何雨来身上。母亲的学校有一架钢琴，四岁时，她把我们带到了那架钢琴前面，跟一个留着络腮胡子的男老师学。直到七岁上小学，我们的周末都是在那架钢琴面前度过的。钢琴不愧为世界上难度最高的乐器之一，我们学了三年，还不会弹一首像样的曲子。而且，我们对钢琴早已生厌了，开始是好玩的，那么一个庞大的黑色的家伙，又长着一长排白色的牙齿，拿手摁一摁，就发出声音，好像在跟一个面目阴沉的巨人玩耍。但后来，我们弹出的声音老师怎么也不满意，总是抖着络腮胡子骂我们乱弹琴。挨骂的次数多了，我们就不想学了。及至上小学，我和何雨来忽然聪明了起来，无论如何也不肯去学琴了。

我还记得母亲梦想破灭的那一刻是如何愤怒，可是有什么办法，我们不是弹钢琴的料，我甚至怀疑我的平庸就是钢琴造成的。这个黑色的跟机器一样的怪物，吞噬了我最初的自信心。我不知道它对何雨来造成了怎样的影响。后来，她逢人就吹嘘她小时候学过钢琴。别人说，哈，你学过钢琴？学过，读小学以前就学过，整整三年，不信，你去问我姐。那你弹一曲我听听。何雨来大言不惭说，没有钢琴啦。这是否表明钢琴对她的影响是正面的？是一种吹牛的资本。唉，何雨来或者说我自己，除了这点失败的资本，实在也没什么可吹的。

何雨来最大的兴趣在于她的身体。学钢琴时，如果老师不在，钢琴就是她的镜子，黑亮的琴壁里面就有一个身子在扭来扭去。她没有弹琴的才能，但似乎有跳舞的才能。长大后，她天天在舞厅里面混，也是有道理的。她几乎是迫不及待地等着长大，十岁那年，她对自己的身体已经有点儿感觉。有一天，她指着自己的胸部问母亲，妈妈，妈妈，我的乳房什么时候长出来？母亲说，还要过几年。何雨来说，我想它早点儿长出来，我想有一对乳房，一对大乳房。母亲又生气又觉着好笑，说，你不好好念书，你想这个干什么？母亲显然没当回事，可何雨来确实已经想了。我和她睡一个房间，我注意到她睡前往往要注视一会儿自己的胸部，还要掀开我的胸部看看，看看我的也没有长出来，才放心地躺下。

我们的青春期也是在同一天到来的，那是初一下学期的某一天。此后，何雨来就没心思读书了，她每天最重要的功课是照镜子，书包里还藏了大小两面镜子，而且喜欢傻傻地盯着我看，我是她的另一面镜子。她看我的心情是复杂的，既有臭美，又有遗憾。我们长得不算难看，但也不算漂亮，像何开来，脸也是偏圆的，也有一双大眼睛。那时候，大眼睛还是一项审美标准，不像现在已经不流行大眼睛，而是流行眯成一条缝的小眼睛，大眼睛反而显得傻，空洞、茫然，什么也没有。何雨来就天天夸我的眼睛好看。我说，你不是在自夸吗？何雨来说，是啊，其实我不想夸你的，可是没办法，谁叫我们是双胞胎。

那时，我只觉着何雨来讨厌，不知道这是一种危险的信号，当然，知道了也没什么用，反正结果都是一样的。上初二的时候，她就开始恋爱，并且怀孕了。她还不懂怀孕是怎么回事，恶心，吐，母亲带她去医院检查，才知道是怀孕了。当医生宣布何雨来是怀孕了，母亲几乎丧失了理智，冲医生大叫，不可能，这怎么可能？医生说，不相信，问问你的女儿吧。母亲把脸转向何雨来。母亲的脸色大概很可怕，何雨来一看大事不妙，撒腿就跑了。

才上初二的何雨来怀孕，对我们家来说，是很严重的事情，好像从今以后谁都没脸见人了。那晚，我的父亲、母亲气得一夜没睡，他们等着何雨来回来，以狠狠地收拾她。父亲甚至动了杀心，说找根绳子把她勒死算了。何雨来也知道回家是危险的，她跑到了男朋友那儿，很浪漫地商量如何私奔。她的男朋友是一个比她高两届的高一男生，这个小男生一点儿私奔的勇气也没有。第二天，何雨来只好垂头丧气地回家了。

父亲果真找了一根绳子，把她绑了起来。被绑的何雨来面对父亲，倒显出了镇静，表现出了一个恋爱中的少女应有的坚强和不屈。何雨来咬着嘴唇，用非常陌生的目光望着父亲，好像不相信父亲居然会把她绑起来。无论父亲怎样审问，何雨来就是不说，弄得父亲反而不知所措了。等母亲帮她松了绑，何雨来才像个受尽了委屈的小孩，终于颤抖着身子哭出声来。

如果何雨来不跑，从医院跟了母亲回来，父亲大概是不会绑她的，就算跑了，如果她当晚回家，而不去做私奔之类的梦，父亲大概也不会绑她，父亲也是气得没办法了。但无论如何，父亲是不应该把她绑起来的。这对何雨来的伤害远远超过怀孕，怀孕偷偷流掉就是了，可父亲的惩罚却摧毁了她的自尊，这是父亲一生中犯过的最为严重的一次错误。此后很长时间，何雨来和这个家的关系变得极为隔膜，好像她一直被一根绳子绑着，身体是僵硬的、疼痛的、无助的，她不再是家中的一员，而是一个犯人，随时准备逃走而又无处可逃。在家中，除了吃饭、睡觉，似乎待上一分钟都是不可忍受的。她的学习成绩更是一落千丈，以至连高中也没考上。从此，我们这对双胞胎的道路就分开了，我读高中时，何雨来已经成了社会上的一个小混混，一个比男的更让人说三道四的女小混混。

十八岁那年的春天，何雨来宣布她不想待在家里了，她要去深圳。父母自然是不同意的，他们没去过深圳，只知道那是个改革开放的特区，是一个比箫市热闹许多的城市。何雨来在箫市已经这么不像话了，更何况去深圳。但何雨来决意要离开家里，她只带了几件换洗的衣服，偷偷跑到了深圳，在那边打回电话说，她到深圳了，她在那边很好。

何雨来在深圳待了半年多，很少跟家里联系，我们一直不知道她在那边干什么、是靠什么生活的。有一天深夜，她突然打电话回来，说想回家了，才说了半句，就在电话那头哇的一声大哭起来，吓得母亲不知如何是好。何雨来哭了几声，又笑了，说，没什么，就是想回家了。母亲说，快回家，谁叫你跑到深圳去的。

从深圳回来的何雨来，比先前洋气了许多，但那种洋气，其实就是俗气。嘴唇是血红的，眉毛是画的，眼睫毛是假的，耳朵还钻了孔，挂着两个金光闪闪的耳坠，好像她对自己的本来面目很不满意，必须尽其可能地修改，而修改的功夫又极其恶劣，把本来还算过得去的一张脸，改得俗不可耐了。这样，我们倒是不太相像了，但我又有些别扭，好像是我自己的脸让何雨来改成了那样。她的这个样子，母亲最为反感，刚进家门，还来不及说“你回来了”，就皱起眉头，说，你怎么变成了这个样子？何雨来说，我怎么了？母亲说，你看看你自己的脸，像个什么东西？何雨来看了看母亲，警惕地说，你不喜欢我回家，我马上走。母亲这才想起何雨来是从家中逃走的，随即缓和了口气，我哪儿不喜欢你回家，我是看不惯你的脸。

何雨来在深圳似乎没有时间睡觉的，回来的头两天，她没日没夜地睡，到第三天才活了过来，捧着电话呵呵呵地告诉她的朋友们，她回来了。然后，人就不见了。

很快就有一些流言在邻居间传来传去，说何雨来在深圳是做妓女的。我父母都是很要面子的人，听到这样的流言，差点儿就晕倒了。母亲当即搜查了何雨来带回来的所有物件，不过就是些化妆品、衣服，衣服比箫市女孩穿的要时髦一些，比如裙子短一些，裤腰低一些，胸罩凸一些，内裤花哨一些。这些东西并不能证明何雨来是做妓女的，母亲稍稍松了口气。那个时候，箫市还没有妓女，母亲对妓女没有感性印象，其实，何雨来的打扮确实蛮像妓女的。

作孽啊。母亲说，又指着我连连叹息，唉，唉，你们两个可是双胞胎，怎么就这么不同？

当时，我在读箫市师范学院专科，那是一所谁也不想去读的烂学院。虽然我只考了这么个烂师范，还是专科，但我毕竟是读大学了，所以在母亲眼里算是好的。我的性格也跟母亲最像，呆板、内向、安静，而且两年后也是教书匠，只是她教的是音乐，我学的是数学。

母亲准备审问何雨来，可是母亲很害怕，万一问出来她真是做妓女的，怎么办？母亲不敢在家里问，而把地点选在了河边。晚饭后，母亲神色严肃地说，何雨来，跟我出去走一趟。何雨来说，什么事？母亲说，有事问你。看母亲的神色，肯定不是什么好事，但何雨来还是跟了出去。母亲沿着河边只管走，并没问何雨来什么事，而且越走越快，走得何雨来都烦了。何雨来在后面说，妈，你到底想干什么啊？

母亲停了脚步，看看四周没人了，天色也快暗了，才放心地说，雨来，我问你，你在深圳是做什么的？

何雨来一听，也放了心，说，妈，你走这么远，就问这个啊。

母亲说，你说，你在深圳是做什么的？

何雨来说，做什么？没做什么。

母亲说，没做什么？那你靠什么生活？

何雨来说，这个，很简单的，我这么大了，还会把自己饿死？

母亲说，你以为你很能干？你说，你靠什么挣钱？

何雨来略想了想说，你那么想知道，就告诉你吧，我在一家服装厂做工。

母亲说，你这个样子，哪像在服装厂做工？

何雨来说，我就是这个样子，我不在服装厂做工，那你说，我是做什么的？

哼。母亲说，你听听别人都说你是做什么的。

何雨来说，做什么啊？

母亲说，做什么？我都没脸说。

何雨来又大声说，做什么啊？

母亲说，你没做……是吧。

何雨来说，别人到底说我做什么？

母亲顿了顿，还是说了，别人说你在深圳做妓女。

听到这句话，何雨来就像一只受惊的兔子，又跑了。不过，这回她不是跑向别处，而是跑回了家。母亲在后面紧追，不料何雨来是往家里跑的，何雨来当然比母亲跑得快。追到家门口，母亲看见何雨来已从厨房内走出来，手中攥着一把菜刀，红了眼睛，一副要杀人的样子。母亲吓得退到了门外，厉声问，你要干什么？何雨来骂道，狗生的，哪个说我做妓女，我砍了他。母亲确定不是砍她的，才上前夺了何雨来的菜刀。母亲喘着大气说，你没做……就行了，你砍谁去？

应该说，何雨来做得相当不错，也许还是她这一生中做得最像样的一次，她以一种暴力表演的方式，成功地捍卫了自己的清白。从此，母亲就不再追究她在深圳是做什么的了，甚至对她也有了几分尊重。大约何雨来确实也是冤枉的，何雨来的脑子其实非常简单，肯定比一个妓女简单，她从来都是在消费自己的身体，而不懂得可以出卖自己的身体。她像一个大户人家的阔小姐，对赚钱没有概念，即使她真的做过妓女，那也是玩的。

师范学院离我家不远，仅隔两条街道。本来我是通学的，但何雨来回来，我们还得住一个房间，我有点儿不习惯了。她的变化很大，她学会了喝酒、抽烟。跟何开来一样，她也养成了白天睡觉夜间活动的毛病，经常是凌晨一两点钟才回来。她一回来，就弄出许多响动，嘴里还散发着酒味、烟味，或者干脆就靠在床上抽烟，我实在受不了了，有时就不回家，住在了学校八个人一间的集体宿舍。

何雨来已经不像一个十八岁的女孩，她大概是被深圳那个地方快速催熟的，她的身体明显比我肉感、成熟，尤其是她的胸部比我饱满，因此，何雨来很是自豪。一天晚上，快要睡觉了，何雨来看我在脱衣服，忽然从被窝里钻出来，端着自己的两个乳房说，喂，你看。我瞟了一眼，说，你不害臊？何雨来说，你又不是男的，害什么臊？我没理她。何雨来以一种自恋的目光端详着自己的乳房，大概是没有比较，不能显示她的乳房之美，又朝我说，喂，看看你的。我说，你就看自己的吧。何雨来说，我想看看你的，我们比一比。我说，比你个头。何雨来呵呵笑了一阵，说，你的小，你不敢比。我懒得理她，躺下睡了。一会儿，何雨来又说，喂，问你一个问题好不好？我以为她真有什么问题，抬了抬头，表示同意。何雨来说，你谈过恋爱没有？我说，没有。何雨来说，那你还是个处女？我说，你问这个干吗？无聊不无聊。何雨来说，不无聊，可是我挺同情你的，这么大了还是个处女。我说，你还是同情你自己吧。何雨来说，不，我要同情你，你知道你的乳房为什么小吗？我说，没你骚呗。何雨来说，哈哈哈，你说对了，我们女人的乳房是需要男人抚摸的，没有男人抚摸是长不大的。何雨来像是发现了一个天大的秘密，兴奋得乳房也一跳一跳的。我鄙夷地说，你是不是刚回来没有男人摸，难受。何雨来说，有点儿这个意思。我说，你真是越来越不要脸。何雨来说，你才不要脸，你以为你纯洁，其实你心里比我更想。我决定不再理她。何雨来没有了谈话对手，也只好闭嘴，但她把自己说兴奋了，在被窝里扭来扭去，直到我睡着为止。

何雨来大约是长大了，她对那些年龄跟她一般大的男小混混不再有兴趣了。现在，她喜欢已婚的成熟的最好是有钱的男人。这比原来更加麻烦，我们家时不时就有怨妇找上门来，又哭又闹，指控何雨来偷了她的老公。这种事真是让我父母难堪极了，可他们对何雨来又没有办法。何雨来回来照例是矢口否认，破口大骂哪个泼妇再敢找上门来，非一刀砍了她不可。何雨来自从拿刀要砍传言她做妓女的人收到不错的效果后，就经常扬言要一刀砍了谁谁谁，这话虽然重复了多次，但效果仍然是不错的。母亲一听何雨来这么说，紧张得就不再吭声，不知为什么，母亲相信若是把何雨来逼急了，她确实会拿刀砍人的。

事实上是何雨来差点儿让别人给砍了。光天化日之下，就在大街上，何雨来被一个她不认识的女人拦住，对方问，你就是何雨来？何雨来还来不及说是，对方就拔出了刀子。何雨来看见刀子，撩起裙子就跑，并且沿街呼救，杀人啦！杀人啦！何雨来的呼救声吸引了很多人围观，但是没有一个人上前营救。他们只是看着两个女人，一个在跑，一个拿着刀子在追，他们也许一边看着一边在编故事，若不是何雨来善跑，恐怕真要挨了那女人的刀子。这事何雨来一直没说，大概是觉着丢脸吧，直到我也被那个女人当作何雨来打了，才知道她在此之前曾在大街上追杀过何雨来。

那次，她带了另外两个女人，夜间埋伏在河边的厕所附近。她显然是事先侦查过的，趁我从厕所里出来，双手还在系裤带，三个女人一齐上前将我揪住往河边推，她们是想把我扔进河里。我大声喊叫，也不知道哪儿来的力气，我使劲地缠着她们。等我父母和邻居赶出来时，她们居然还没有把我扔进河里，只是我的脸给抓破了。这三个女人也不害怕，架着我反而朝我家里走，一个指着我父母，好像她是认识的，义正词严地说，今晚我要跟你女儿弄个明白。邻居和我的父母见她这样，竟不知道怎么办了，他们跟在后面，眼睁睁看着三个女人把我押回自己的家。那个女人指着我，依然义正词严地说，今晚，当着你的父母和这么多邻居，你必须向我保证，从今以后，你跟他断绝一切来往，否则，别怪我不客气。我这才知道她是搞错了，我气愤得大骂，你看清楚没有，你瞎了，我不是何雨来。那个女人一下子呆了，当她闹明白我确实不是何雨来，而是她的双胞胎姐妹，她突然泄了气，拉着我的手，满脸含冤地号啕大哭起来，好像今晚受冤的人不是我，是她。

这场闹剧过后，我和我父母都久久不能平静。我父亲从屋里走到屋外，又从屋外走到屋里，中间伴随着越来越响的咳嗽。母亲说，你这样走来走去干什么？父亲说，哼。母亲说，你给我坐下。父亲说，哼。父亲气得只会说哼，不会说话了。幸好何雨来不在，何雨来若在，父亲是否又会把她绑起来？但是，父亲老了，即便他想把何雨来绑起来，也没有力气了。现在，他一生气就咳嗽，我看着父亲因为咳嗽而皱得不成样子的脸，有点儿想哭。

何雨来回来了，看见我脸上的抓痕，居然还幸灾乐祸，高兴得在我面前跳了起来，哇，姐，你脸谁抓的？你打架啦。好像我也有这么一天，终于让她看见了。本来我已经不生气，可何雨来这个德行，我一点儿也不能控制自己的手，来不及想一想就给了她一巴掌。何雨来捂着被打的脸，大叫道，你打我？你凭什么打我？何雨来觉着自己很冤枉，她确实很冤枉，她不知道我的脸是谁抓破的。何雨来又冲我骂道，死不要脸的，脸都让别人抓破了，还来打我。何雨来骂着，把手也伸出来了，若不是母亲过来拉开，我们不免要打上一架。一会儿，我听见母亲在另一个房间求她，母亲说，何雨来，我求你了，你在外面丢脸不算，可是，你这样，何燕来也跟着你丢脸啊。

母亲又想起了对付何开来的老办法，给何雨来找个男朋友，尽快嫁人。母亲把这个任务交给了何开来，其实，何雨来并不缺男朋友，她缺的是愿意娶她的男人。她的那些男朋友，恐怕从未想过要娶她为妻。何开来似乎没有兴趣帮何雨来找个男朋友，他以为这是母亲在没事找事，这年头，嫁人还要别人帮忙吗？倒是何雨来显得很有兴趣，整天缠着何开来要男朋友，好像何开来欠她好几个男朋友似的。何雨来说，哥啊，我的终身大事就交给你啦。何雨来说，哥啊，还不快帮我找个男人嫁了，妈都烦死我啦。何雨来说，哥啊，你再不给我找，我就只好跟着你啦。何雨来的声音娇滴滴的，而且拖着一个让人起鸡皮疙瘩的“啦”字。奇怪的是，她不是说着玩的，真的跟在了何开来的后面，何开来干什么她也干什么，还勾着何开来的手，做小鸟依人状，好像他们不是一对兄妹，而是情人。何开来也不怎么反对何雨来这样做，身边跟着一个这样的妹妹，好像也是蛮有意思的。这样，何开来在玛雅酒吧的夜生活，就多了一个何雨来。

不过，文如其对此感到不解，文如其说，何开来，你天天带着何雨来干什么？

何开来说，没干什么。她无聊，要跟着玩，就跟着玩呗。

文如其说，跟着一个妹妹，多不方便。

何开来说，也没什么不方便。

文如其说，你是不是想乱伦啊。

乱伦？何开来说，不可能吧，你想，乱伦需要多大的勇气，我有吗？

没有。但是，文如其看看何开来，又看看何雨来，又说，我看，你们还是有点儿不正常。

你才不正常咧。何雨来说，我跟我哥一起玩，关你屁事，我就喜欢跟我哥一起玩。

文如其没想到何雨来会这么不客气，像是遭到了突然袭击，措手不及，说，哦，啊，嗯。

何雨来又说，乱伦怎么啦？我就乱伦给你看。说着，何雨来朝何开来的脸响亮地亲了一口。文如其目瞪口呆地看着何雨来。后来文如其说，何雨来确实是疯的、不正常的，她亲何开来的时候，脸上充满了不可理喻的疯狂。我倒不认为事情有那么严重，何雨来只不过是在胡闹而已，亲何开来一口，对她来说，还算是正常的。

几个月后，何雨来又怀孕了，让她怀孕的男人，照例是已经溜了。

何雨来跟何开来说，哥，我有麻烦了。

何开来说，什么麻烦？

何雨来说，我怀孕了。

何开来说，怎么不小心点儿？

何雨来说，已经很小心了，可该死的还是怀上了。

何开来说，那就去流掉。

何雨来说，哥……

何开来说，什么事？

何雨来说，你陪我去医院好不好？以前流产我都不怕，可这回，我突然害怕了，我怕……我想你陪我。

何开来说，你应该叫男朋友陪你，你让做哥哥的陪你去流产，多没意思。

何雨来说，我有男朋友，还叫你陪？你到底陪不陪我嘛。

何开来说，好吧，陪你。

何开来陪何雨来去医院流产，多少是有点儿心理障碍的，好像何雨来肚里怀的是他的孩子似的。当他看见女医生李少白，那种感觉就更强烈了，因为他一眼就看上了李少白。何开来兀的通红了脸，而且低了头，不敢再看第二眼。这样的情形，在何开来的生命中，大概是绝无仅有的。这就是一见钟情吧。像何开来这样不认真的人，居然也会对一个女人一见钟情，也会脸红，真是太不容易了，也不知李少白身上的什么东西吸引了他。在李少白替何雨来做手术的这段时间，何开来一直守在手术室门口，他在想李少白，他感觉自己陷入了一种尴尬的境地里面：这个还不认识他的李少白，一定以为何雨来是他的女朋友，早知道会遇上李少白，无论如何他也不愿陪何雨来来流产的。就在何开来胡思乱想、忐忑不安的时候，李少白慌慌张张地从手术室里出来，看见何开来，说，是你陪何雨来来的吧。何开来见是李少白，慌得不知怎么回答。李少白又说，你的女朋友，她晕过去了。何开来说，你是说何雨来？李少白点点头。何开来看着李少白，来不及问何雨来是怎么回事，赶紧解释说，她不是我女朋友，她是我妹妹。妹妹？李少白有点儿意外。这时她也开始注意起何开来，因为流产这种事，鲜有做哥哥的陪着来的。李少白说，有你这样的哥哥，真不错。何开来高兴地说，那是，那是。李少白见何开来那么高兴，好像并不关心妹妹，又重复一遍，你妹妹，晕过去了。何开来说，啊，不好意思，你太漂亮了，跟你说话，我都忘了我妹妹了。

这才是何开来平时惯用的语言，这表明何开来已经从短暂的休克状态中摆脱出来了。但他未免也太急了些，马屁拍得明显不是时候，这是手术室门口，不是调情的酒吧。李少白说，别开玩笑，你妹妹晕过去，我不知道怎么回事，我很紧张。何开来说，我相信你，她不会有事的。

对何开来说，李少白大概就是神，他只要相信就可以了，他相信，何雨来就不会有事的。但何雨来好像早有预感她这回流产要出点儿什么事，所以她拉了何开来来陪。就在李少白茫然失措准备叫医生会诊时，何雨来自己又醒过来了，她从手术椅上坐起来问，做完了没有？李少白说，做完了。何雨来说，那我可以走了吧。李少白说，不行，你刚才晕过去了。何雨来说，啊，我晕过去了？我怎么一点儿也不知道。李少白说，你以前是否有过晕过去的经历？何雨来说，没有，我很健康的，刚才我真的晕过去了？何雨来的口气好像是李少白骗她的。李少白说，看来你对自己也不太了解，我建议你住院观察一天，如果没事，你再出院。何雨来说，住院？我不想住院，我从来没住过医院。

李少白觉着何雨来还是个小孩，又出来跟何开来说，我建议你妹妹住院观察一天。对这个建议，何开来再高兴不过了，连连说，好，好。何开来以为这是接近李少白的大好时机，可是，等他兴致十足地办好住院手续，李少白已经下班走了，观察的任务留给了夜间值班医生。没有了李少白，医院还有什么意思，何开来不想在医院待着了，他对何雨来说，你好好休息，我出去走走。

何雨来说，不行，是你让我住院的，你得陪我。

何开来说，你都这么大了，还要人陪干吗？

何雨来说，你陪我嘛，我一个人待在医院，难受死啊。

何开来说，我在这儿陪你，我也难受死啊。

何雨来说，那我也不住院了，我们去酒吧玩吧。

何开来说，不行，你现在是病人。

何雨来说，我好了，我没病。

何开来说，你老实点儿，你都晕过去了。

何雨来说，不是晕过去，大概是我太困了，睡了一觉。

何开来说，呵呵，你还蛮幽默的。

何雨来说，那当然。

何开来还是留下来了，他对这个妹妹还是有点儿关心的，虽然没意思，也得陪着。但何雨来还是不能在医院待上一夜，闹着一定要去酒吧。何开来说，出了事情，可别怪我。何雨来说，哥，你怎么也像老妈一样唠叨了。一出现在玛雅酒吧，何雨来立即亢奋起来，照例又是喝酒又是抽烟，打情骂俏，一点儿也不像刚从医院里逃出来。这样何开来也就放心了，看来住院确实是多余的。倒是何开来显得比较沉默，他的心思还在李少白身上，他大概在酝酿怎样给李少白写情书。后来李少白给我看过这封情书，是这样写的：

李少白：

很不好意思，在你还不认识我之前，我就得告诉你，我爱上你了。这是几个小时前的事情，完全是猝不及防的，就在看见你的那个瞬间，我有一种被枪击的震撼，就像子弹穿过苹果，我的脸都红了。你肯定很吃惊，是吧，但我相信，爱情都是瞬间发生的，对我而言，那是生死一瞬，我仿佛回到了故乡。

我怎样介绍我自己呢？好像相当困难。总而言之，我只是个游魂，我无所事事，整日在自己的心灵内部游荡，我在寻找故乡。我所谓的故乡，不是指地理意义上的，不是这片生我养我的地方，我从来不认为这是我的故乡，我的故乡只能是某位女孩，某位将遇未遇的女孩。今天，我终于遇上了，我看见我的故乡了，我不知道这是幸还是不幸。

现在，我在想你，我感到整个世界都在转动，我晕。

何开来

何开来的情书写得真是不错，简直很有点儿情圣的派头。估计李少白就是被他极为夸张的情话迷惑了。李少白刚从医学院毕业，还是个实习医生，她和何开来以前的那些女朋友不太一样，她的脸没有时下满大街晃动的欲望气息，看起来安静、理性、内敛，有种不容易接近的距离感。当她穿着白大褂出现在何开来面前，居然让何开来一见钟情，这是蛮奇怪的。面对何开来的疯狂举动，李少白也很快接受了，这也是我所不理解的。我觉得这两个人并无共同之处，李少白肯定是个好医生，而何开来什么都不是。

不过，何开来这回确实是认真的，完全像电影中深陷情网的男主角。第二天，他破例没睡懒觉，早早等在了医院妇产科的门口，李少白看见他焦灼的样子，还以为他妹妹又晕过去了。但是何开来说，他妹妹没事，是他找她有事。李少白说，什么事？何开来摸摸口袋，大概想立即奉上情书，但又停止了，只是睁着他的大眼睛死死地盯着李少白，那眼神像个不良青年，看得李少白都害怕了。李少白又说，你有什么事？何开来说，哦，哦，这个事……不太容易说，我都写在纸上了，你看吧。李少白没想到这是一封情书，当着何开来的面就拆开看了，才看到第三句就羞得面红耳赤，像是遭受了严重的羞辱，她又气又恼地瞟了一眼何开来，便拔腿逃了。好在她没有扔掉情书，她是带着情书逃走的。

实际上，李少白并没有她表现的那样气恼，甚至很快就对何开来产生了无法控制的好奇心。她不敢在同事面前看何开来的信，最终她选择了在厕所里面看，事后想起来，这是一件煞风景的事，她应该找个僻静的有点儿风景的角落看信的，不知道为什么，就躲进了最不浪漫的厕所。大概是厕所里有镜子，她在看信的同时也想看见自己，读情书的时刻实在是自我欣赏的最佳时刻。李少白头一次面对这样大胆、直接的表白，而且是把她比作故乡，这个说法似乎深沉无比，让人感动。李少白看着镜子里面的自己，觉着自己其实是个很平常的人，怎么会让一个陌生人产生故乡的感觉呢？

何开来就这样打动了李少白。这个早上，李少白发觉自己竟变得有点儿鬼鬼祟祟了，心跳开始莫名地加快，呼吸也不平静了，而且有点儿内急。好几次，她趴在窗前装作漫不经心的样子，偷看楼下门口何开来站过的地方。那地方是空的，李少白有种轻微的失落感。

下班时，李少白看见何开来坐在走廊的椅子上。走廊的椅子是给等候流产的女人坐的，但此刻，已经没有女人了，只有一个何开来坐在一长排的椅子中间发呆。李少白本能地想绕道而走，但妇产科只有一个出口，是绕不过去的，李少白只好绷紧了脸，目不斜视地从何开来身旁经过。大概是李少白过于正经了，迫使何开来丧失了站起来拦住她的勇气，但他还是不依不饶的，出了医院门口，李少白发觉何开来在后面跟踪。她回了一次头，何开来与她相距大约百米，他微仰着脸，正朝着他前方广大的空间做微笑状，这微笑显然是为她预备的，好像他早就断定李少白一定会回头看他这样微笑。李少白加快了步子，她家也是临着虹河的，在虹河西街。李少白穿过东街，穿过蝉街，回到西街，这段路平时需要二十分钟，但今天被何开来在后面追着，才用了十分钟。李少白进了三楼卧室，藏在窗帘后面看了看窗下，何开来果然站在下面，昂着头在看他上面的窗口和天空，还是那种微笑的表情，而他的眼神是得意的，好像不费力气就追踪到了她的住处，很有成就。一会儿，他走到了河边，河边的柳树下有张供人闲坐的石凳，他在石凳上坐下，面朝虹河，掏出一根烟抽了起来。李少白突然觉着被这样的一个人追踪，也是蛮令人振奋的。你就追吧，你这个傻瓜。李少白在心里说。

此后七天，从早到晚，何开来大部分时间都守在李少白门前的石凳上，这种守候方式，尽管了无新意，却是经典的。何开来并不骚扰李少白，也没有跟她搭过话，只是看着她出去，看着她进去，好像只要这样看上一眼，就已经让他心满意足，值得在此等上一辈子了。

这种沉默的守候，也许很有力量，李少白在第七天的傍晚就接受了何开来，她在这个傍晚接受何开来的直接原因是那场雨。李少白听见雨声，把头探到了窗口，雨已经在外面下得很大了，从东边斜着下来，打在河面上，泛起无数的轻烟。这样的雨景是会让人生起柔情的，而这个何开来依然还在石凳上坐着，一动不动，好像他心里只有爱情，雨对他并不存在。李少白默默注视着何开来，雨掉在柳树上，经过聚集，然后掉在他的平头上。李少白看见他的头上挂满了大粒大粒的雨珠，似乎每粒雨珠都在见证着他的痴情。就在此时，何开来转动脑袋，朝她的窗口凝望，这一眼是致命的，李少白突然觉着自己被击穿了，大概也类似于何开来的说法，就像子弹穿过苹果。

李少白跑下楼来，撑了一把伞，立在何开来身旁。下面的事情，李少白跟我说的时候，有意忽略了，大约总是接吻拥抱之类的事情，不便于说。总而言之，他们是站在同一把伞下了。

李少白说，你真的爱我?

何开来说，是的。

李少白说，你为什么爱我?

何开来说，我一见你，有种故人的感觉。

李少白说，故人的感觉?

何开来说，是的，就像夜里看见月亮。

李少白说，可是，现在下雨，没有月亮。

何开来说，没关系，有你就够了。

照何开来所说，他是回到了故乡。但是，我想起来了，那天他回家来，像一个落汤鸡，进门的时候，他抖了抖身上的雨水，似乎还打了一个喷嚏。母亲说，你怎么这个样子?何开来说，掉河里了。母亲说，你这么大了，还掉河里?何开来说，谁规定我这么大就不可以掉河里。母亲说，下这么大的雨，你在河边干什么?何开来没有回答母亲的疑问，进屋更衣去了。他的神情照例是漠然的、不死不活的，一点儿也看不出他是雨中恋爱归来。他对李少白以一见钟情始，以形同陌人终，想必也是注定的。

倒是何雨来的嗅觉灵敏，她觉得这几天何开来很不正常，一定是在追哪个女人。很快她就查出了何开来追的女人，就是那个替她做流产手术的医生李少白。

何雨来说，哥，原来你陪我是因为她。

何开来说，不对，我是因为陪你才认识她的。

何雨来说，说得好听，我不信。

何开来说，你不信，也是这样。

何雨来说，你怎么会找她？

何开来说，你不喜欢？

何雨来说，不喜欢。

何开来说，找她不是很好，以后你就不用担心流产了。

何雨来说，哼，我差点儿没被她弄死，我死了也不会再找她的。

何开来瞪了她一眼，意思是她应该闭嘴了。

不久，何开来把李少白带回了家里。对何开来带回来的女朋友，我父母虽然客气，但已不当回事，反正他只有一次。但是，当李少白再次进入我家，我父母即刻改变了态度，看来，何开来这回是当真的。李少白和他以前的女朋友也大为不同，显得传统、稳重，又斯文有礼，像个媳妇的样子。我父母对李少白是从心底里喜欢的，而且她的医生职业也让我父母满意。我父亲咳嗽严重，我母亲身体也不好，若是医院里有个媳妇在，自然是方便多了。因此，我母亲大大夸奖了一番何开来，接着又不放心，警告说，我就认定是李少白了，不许再换了。何开来也很开心，说，好，好，但是，要是她把我给换了，我可没办法。母亲说，我一看她，就是个专一的人，我很放心，谁像你。

我也喜欢李少白，她是那种先冷后热的人，初看有距离感，其实是容易相处的，而且相处起来很舒服。她很快就融入了我们的家庭，好像本来就是一家人，对这个家，甚至比我们兄妹几个更亲近一些。没多久，我母亲最喜欢的人就是李少白了，如果几天不见，我母亲就会很不放心地问，李少白这几天怎么没来？

只有何雨来对李少白怀有敌意。这过错，自然不在李少白，何雨来的敌意，更多的好像是莫名其妙的醋意。渐渐地，我发现凡是何开来的女朋友，或者是跟何开来接近的异性，何雨来一概都是敌视的，她可能真的有恋兄情结。好在何开来还是正常的。

何雨来一直在努力地寻找机会跟李少白吵架。有时，她会在李少白的背后，毫无理由地胀起脖子，恶狠狠地白李少白一眼。幸好她白的是人家的后背，李少白还不知道她的后背已经遭受了那么严重的敌意。不过，何雨来对她不友好，她是有感觉的，只是不明白这是怎么回事，她觉得她并没有做错什么。她问何开来，何开来说，她是个小孩，你别跟她计较。对付小孩，最好的办法是送点她喜欢的东西给她。李少白特地上街买了一瓶香水和一支口红，送给何雨来。她对李少白，怨恨归怨恨，但送的东西还是要的，还拿到我面前炫耀，问有没有送我什么东西。我说没有。何雨来就更加神气，觉得自己很重要，李少白就送她一个人东西。

我不知道何雨来后来借机寻衅的那支口红是否就是李少白买的那支。事情是这样的，我和李少白准备上街买点儿东西，临走，李少白照了照镜子，大约是嫌嘴唇不够红润吧，随手拿起桌上的口红抹了抹，她肯定没想过是谁的，她可以随意使用我们的口红，表明她确实不把我和何雨来当外人了。若不是何雨来借机寻衅，这样的细节谁也不会记住。可是，何雨来突然从外面闯进来，看见李少白在用她的口红，大喝一声，是我的。我们不懂她大喝什么，同时说，什么？你的。何雨来说，口红，是我的。李少白说，哦，我用了你的口红。何雨来说，你干吗乱用别人的东西？李少白被她这么一说，脸都红了，说，对不起，我买一支赔你。哼，谁稀罕。何雨来抢前一步，一把夺下李少白手中的口红，往窗外一扔。做完这个动作，何雨来又冲李少白挺起身子，甚至把脖子也拉长了，一副要决斗的样子。

我说，你神经啊。

何雨来立即冲我骂道，你才神经，你神经病，你去死。

我说，你扔口红，你扔给谁看？

何雨来说，我扔自己的口红，关你屁事，我想扔就扔。

母亲进来了，母亲显然全听见了，一脸的怒气。我把何雨来让给母亲，赶紧拉了李少白说，这神经病，别理她，我们走。

我走到河边，还听见何雨来在房间里高声叫骂，你去死，你去死。那声音尖厉、变态，李少白听着，好像很受刺激。路上，她一直在想何雨来为什么这么恨她。她低着头，目光盯着自己的鞋尖，想得都快要哭了，也没有想出个所以然来。

我说，别想了，她真的是个神经病。

李少白说，一定有她的理由的，可我实在想不明白，你告诉我。

我迟疑了一下，还是说了。我说，何雨来在家里很孤立，我父母对她不好，就何开来还关心她，她可能在心里很依赖哥哥，不能接受何开来跟你恋爱的事实。从她这么无理取闹看，我觉得她是在扮演一个第三者的角色。

李少白嘴巴张得大大的，似乎难以置信，不会吧，怎么会这样？

我说，我只是一种猜测。

冷静地想想，李少白又觉着我的猜测可能比较接近事实。既然何雨来是把她当情敌，她也就理解了，并且原谅了她。她还重新买了一支口红，准备赔给何雨来。

我们回家时，门是开着的，家里一个人也没有，随即我看见了地上的血迹。我被吓得直觉着头皮在一圈一圈变大。不过，李少白看清了血迹是从我和何雨来住的房间开始的，而且地上是一摊。她扔了手上的东西，推着我说，快。

我们赶到医院急救室，果然是在这儿。看见母亲完好地站在急救室门口，我终于吐出一口气，路上我直担心是何雨来对母亲逞凶。我说，妈。母亲抬一抬头，眼泪哗啦一下就流下来了，母亲哽咽说，造孽，造孽啊，我就骂她几句，她就拿剪刀割自己的手腕，大概是看见那么多血喷出来，她又害怕了，自己跑出来。我一点儿都不知道她在房间里割手腕，要不是她自己跑出来，恐怕真完了。

不久，我父亲、何开来也先后赶到了。面对何雨来的闹剧，我们站在门口面面相觑，谁也不说一句话。

第三章

这件事，对何雨来并无影响，她不过是割了一下手腕，过后大概也就忘了。但给李少白造成了心理障碍，此后，她进我家的门，总显得不自然，而且来的次数也越来越少了。这让我母亲很是担忧，以为她想跟何开来分手。还好，事情不是这样，她只是不太愿意来我家，她让何开来去她那儿。不久，何开来干脆搬了过去，同居了。

如果是我或者何雨来搬去跟男的同居，我父母大概会觉得不像话，但何开来是男的，男的就不一样，何开来搬去和李少白同居，我父母感到大事已定，就放心了。

何开来搬出去，直接受惠的人是我和何雨来，何雨来搬进了何开来的房间，我们不用再挤在一间屋里互相看着别扭了。她还是昼伏夜出，四处游荡，而且比以前更自由。现在，我父母再也不敢管她了，不是不想管，是确实不敢管，免得她一冲动，真的把自己杀死。

其实，我也不比何雨来好多少。从师范学院毕业后，有一大段时间，我也无所事事。像我这类师范生，毕业后一般是分到乡下去教书，除非你有背景，才可能留在城里。但是，我母亲不想让我离开家去乡下教书，我也不想，所以我的工作就成了问题。那段时间，我天天在街上闲逛，看着箫市的街道都想吐，原来无所事事什么都不干是很有难度的一种生活，比干点儿什么要难得多。这样，我倒是佩服起何开来和何雨来二人了，我根本不能过这种生活，长此以往，我会疯掉的。幸而有所私立学校中途跑掉了一个数学老师，我及时赶去应聘，顶了空缺。

我好歹算是有工作了，虽然在私立学校，就是个打工仔，但总比闲着强吧。我一周上十八节课，很紧张，很忙，不过，这也有好处，就是时间过得很快，我可以什么都不想。

母亲忽然关心起我的婚姻大事来了，大概是有了工作，接着就应该考虑婚姻，人生大抵都是这样的。母亲说，燕来，你也该找个男朋友谈一谈了。我说，嗯。我母亲以为我从未谈过恋爱，其实，我勉强也算谈过一次，只是尚未开始就结束了。不知道为什么，我觉着恋爱无非也就是那么回事，我想，我是不会轻易谈什么恋爱的。

我对爱情的怀疑，也许来源于何开来和李少白的例子。从理论上讲，何开来和李少白的恋爱，差不多可以算很有激情了吧，可激情是否就像烟花？绚烂过后，内心的黑暗更黑。

那天夜里，外面下着雨，李少白急匆匆地来到我家。我们有些时间没见面了，自然很高兴，母亲说，少白，你来啦，你来啦。

李少白好像连打招呼的工夫也没有，喘着气问，何开来呢？

母亲说，何开来？何开来不跟你在一起？

李少白说，他昨天没回过家？

母亲说，没有。

李少白说，那他去哪儿了？

李少白本能地往何开来的房间看了看，好像他逃回了家，躲在房间的某个角落。

母亲给李少白倒了一杯水，说，你先坐下，慢慢说，何开来到底怎么回事？

李少白说，不知道怎么回事，何开来是昨天夜里不见的。昨天夜里，他没回家，我以为他在哪儿玩，但是，到今天晚上他还没有回来，我打电话问文如其，文如其说他们不在一起，也没见他今天来上班。

母亲说，那他去哪儿了？

李少白说，是啊，他去哪儿了？

母亲用怜惜的目光看了一眼李少白，以示安慰，然后轻声问，少白，你们俩是不是吵架了？

李少白摇头说，没有。

母亲说，开来没欺负你？

李少白说，没有。

母亲又看了一眼李少白，一字一顿地说，那、他、哪、儿、去、了？

李少白说，我怕，我怕他出了什么事。

经李少白提醒，我和母亲才跟着惊慌起来，想想一个人突然不见了，一点儿音信也没有，确实是很可怕的。我们互相你看我，我看你，看得惊慌又成倍成倍地增长，好像何开来已经遭了什么不测，我们再也见不着了，很快，李少白和母亲的眼睛都湿了。

我父亲本来已上床休息，听说何开来不见了，也踉跄着出来，忍着咳嗽问何开来怎么不见了，我母亲又把何开来怎么不见的重复一遍。父亲说，不要紧张，不要紧张，他这么大的一个人，不会有事的，他总是干什么急事去了。

母亲说，他有什么急事？

父亲刚想说什么，但忍不住要咳嗽了，他又不愿当着我们的面咳嗽，他转过身去，背对我们，一连咳了数十下，咳得头都挂了下来。母亲过去敲敲他的后背说，你进去睡吧。

但父亲坚持要陪我们，父亲有气无力地坐在母亲身旁，不时发出几声咳嗽。我们看着父亲，听着，或者更准确点儿说，是等着他的咳嗽。这更增加了现场的悲剧感，好像是在悼念何开来。我有点儿坐不住了，我想出去走走。

我说，我们出去找他吧。

李少白说，去哪儿找？

我说，那、那、那让电视台发个寻人启事。

李少白说，没用，电视台的寻人启事都是寻傻子的，他又不是傻子，如果明天再没消息，是否要报警了？

说着，李少白的眼泪就流下来了。母亲叫了一声少白，然后闭了眼睛，祷告似的说，不会的，不会的，他不会有事的。

何雨来进门大概被我们的表情吓着了，愣在门口不敢进来。母亲好像找到了一线希望，精神一振，问何雨来，雨来，雨来，你知道何开来在哪儿？

何雨来喘口气，说，嗬，你问哥哥在哪儿？

母亲说，在哪儿？

何雨来指着李少白说，不是在她那儿？

母亲说，在她那儿还问你，你哥不见了有两天了。

何雨来说，不见了？怎么不见了？

既然她也不知道，母亲也就不理她了。我哥不见了？我哥去哪儿了？何雨来自言自语着。忽然，她的眼睛一亮，快活地说，嗬，我知道我哥去哪儿了。

母亲说，去哪儿了？

何雨来说，像我哥这样的人失踪，一定和女人有关，我想，他是跟哪个女人私奔了。

母亲听何雨来这样说，脸上的表情是又想哭又想笑，标准的哭笑不得。何雨来用眼角瞟了瞟李少白，幸灾乐祸地一蹦一蹦进屋去了。

何雨来的话虽然恶毒，但确实不是没有可能，她倒是很轻松地改变了我们的想象方向。如果何开来只是躲在哪儿和某个女人鬼混，至少对我父母来说，事情不算特别严重。

李少白感到受了侮辱，可跟何雨来这种人又没什么好计较的。李少白起身说，我、我、我先回去了。

母亲挽留说，你回去也一个人，晚上就住这儿吧，跟燕来一起住。

李少白停了一会儿，说，我还是回去。

我说，那我陪你一起回去，好吗？

李少白看着我，轻声说，好。

从我家到李少白家，有两公里路，在门口，我们等了好几分钟，才等来一辆三轮车。因为下雨，路上几乎无人，雨从黑暗中落下来，落进河里，有轻微的咝咝声。我和李少白好像让寂静给吞没了，都没有说话。她一直侧着脸，茫然地看着被灯光照得忽明忽暗的河面，我则顺着她的姿势看着她的半张脸，觉着有一种忧伤从她的脸上散发出来，就像今夜的雨，充满了整个空间和夜晚。我想，李少白和何开来恋爱、同居，或许还结婚，肯定是个错误。

路上，李少白还心存侥幸，希望何开来在她出门找他的这段时间，已经回到了家，在等她。进门后，她在自己的房间里仔细地东看西看，开始我不知道她在找什么，后来才知道她是在找何开来，好像何开来是只跳蚤，很有可能藏在房间的某个缝隙之间。李少白的举动简直让我心酸。不知道是不是我自己过于冷漠，我不太相信何开来会有什么意外，我猜测他是忘了或者根本就没想起告诉李少白他去了哪儿。他这个人，就是这

个德行的。

我说，少白姐，你坐下，何开来肯定丢不了的。

李少白说，我想也是，可我还是担心。

我说，明天他一定会有消息的。

李少白叹口气说，明天再没消息，我真的要崩溃了。

我说，他这样无缘无故地消失，你不生气？

李少白说，生气。可是，没见到他之前，我来不及生气。

我说，姐，你们过得好吗？

李少白说，你也怀疑我们吵架了，我们真的没吵架，我们过得还算好吧。

那么说，何开来的消失，确实跟李少白无关。没有任何理由，起码没有李少白说得出的理由。是一次真正的意外，意料之外。后来，李少白盘点起了何开来的种种生活细节，李少白尚在恋爱期内，她对何开来的看法，自然跟我很不一样。譬如，何开来的懒、何开来的无聊、何开来的缺乏现实感、何开来的消极处世，在她眼里，都不算毛病，都是一种个性，是有人格魅力的。李少白有一点与我父亲完全一样，骨子里看不起箫市人，她认为箫市人俗，全是些愚蠢而又可笑的经济动物，除了钱，什么也不知道。而何开来不像箫市人，何开来不俗，他身上有一种无聊的诗意。

我是头一次听说有这么一种诗意。我说，这诗意怎么这么别扭？

李少白说，这是你哥说的。

我说，哦。

李少白说，你哥是有思想的人，不过，他脑子里究竟想些什么，我也不知道。他有些古怪的行为，他看电视，通常不看电视屏幕，而是盯着天花板看。这段时间，就更怪异了，经常坐在抽水马桶上，有时一坐就是几小时，闹得我想跟他说说话，也只好站在厕所门口。

我说，便秘？

李少白说，不是，他说他在慎独，练儒家修心养性的独门功夫，他这样坐着舒服、宁静。

我说，你不觉得他这样不正常。

李少白说，是有点儿不正常，但是人太正常了也很无趣。他有他的厕所理论，他说厕所是慎独的最佳场所，蹲马桶的姿势就是思想者的姿势，所以罗丹的《思想者》也是蹲马桶的造型。一个蹲在马桶上的思想者，上半身思考形而上难题，下半身解决形而下问题，身体的任何部位都不浪费，等有一天，突然间，上下贯通，大彻大悟，一个圣人就诞生了。

确实挺有趣的，挺好笑的，我们都笑了。李少白又说，他说，他这样做，是在了却父亲的心愿，因为父亲一直希望他成为大人物。

我说，幸好我父亲不知道。

李少白深沉地叹了口气，说，咳，你哥虽然有点儿怪，我还是喜欢的，但我又把握不住他，我真不知道他在想什么。有时候，我觉得他不是一个真实的人，他很抽象、很虚，如梦幻泡影。我有过预感，他会在哪天突然消失的，他真的就消失了。

我说，没那么玄吧，他会回来的。

李少白说，我没把握，我们之间好像是有隔膜的，也不知道隔着什么。有时，他看我的眼神是陌生的，他那样看我，我也会觉着他是陌生的。其实，他离我很远。

我说，他就那眼神，在家里，他看我，看我母亲，看我父亲，也经常是陌生的，可能是他的眼球结构有问题。

李少白说，呵呵。

我说，但他是爱你的。

李少白说，是，我相信他爱我，可是……

我说，可是……什么？

李少白说，他对我又不是很有兴趣。

我说，我不明白。

李少白有点儿不好意思地说，呵呵，不说了，不说了，我们不谈他了，谢谢你晚上来陪我，否则，我真不知道怎么过。

我说，即使你不是我哥女朋友，我也会来陪你，你不知道我比我哥还喜欢你。

李少白说，谢谢。

第二天早晨，我还在睡梦中，客厅的电话铃响了，李少白倏地从床上跳起，奔向客厅。何开来？果然是何开来。我听见李少白喘着大气在说，你……你在哪儿……你在北京……你去北京干什么……我走进客厅，看见李少白是光着身子在接电话的。她跪在沙发上，背对着我，她的后背很白，像一件玉器，散发着优雅而又诱人的光芒。我回卧室帮她拿了衣服披上，我突然为何开来感到惋惜，这个傻瓜。我想他们不会长久的。

在电话那头，何开来倒是极尽温柔，不断地道歉，不断地说现在他很想她，弄得李少白想发火也不可能了。

何开来的失踪，跟我猜测的基本相同。前天晚上，他不知道为什么出门，不知道为什么走到了火车站，不知道为什么进了站台，不知道为什么上了火车，不知道为什么就到了北京，他什么都不知道，就是说，他完全是在梦游。

李少白问，你什么时候回来？

何开来说，不知道。

放下电话，李少白迷茫地望着我，她是迷糊了。我说，我哥也有神经病的，你得管着他。

李少白说，我觉着他还没睡醒。

我原以为他在北京玩几天就回来的，但他却准备在北京待下去了，他是在北京大学的未名湖逛了一圈后做出决定的。他说，未名湖不错，像是他待的地方，他决定报考北大的研究生。他在北大边上一家叫蓝屋的公寓里住了下来，公寓后面是圆明园，前面是北大，住在里面有丰富的历史感，那儿住的大多是准备考研的学生，学习气氛非常浓，他必须在那儿住下来复习，直到明年一月考研结束。如果回家，他肯定没有兴致考研了。

考研应该是要求上进的表现，何开来算是找到了一个在北京待下去的理由，并且弥补了他突然失踪的过错，原来他的失踪一点儿也不荒唐，而是冥冥中有个目标的。这很像是命运安排的一个突兀的转折点，他到底知道他要干什么了。我们在吃惊之余，也替他高兴，当然，最高兴的人莫过于我父亲，因为何开来终于如他所愿，胸有大志了，去了他最应该去的地方——北京。父亲再次感到何开来终究要成为一个大人物的，北京大学可是中国的最高学府，现在，他待在那儿，这么认真复习，以他的聪明，相信考上研究生是不在话下的。等他考上北大的研究生，若是在古代，可就是太学生了，将来进可以做官，退可以做学问，总之，离大人物的距离也就不算远了。父亲专门去电视台帮他请了长假，电视台请假倒是不难的，反正他在电视台也不做事，有他没他无所谓。父亲又取了一万元钱存进何开来的银行卡里，他的银行卡本来就应该有些钱，这样，他就可以更加安心地复习了。

虽然考研不是坏事，但李少白总觉着他有点儿故意逃跑的嫌疑。那几天，她的心神极为不定。好在每天夜里八九点钟光景，何开来会给她打一次电话，详尽汇报他一天的生活，内容包括他看的书，他听的课，他和某某教授的谈话，未名湖边的柳树、红楼、博雅塔和栖在塔上穿着博士服的乌鸦，圆明园内的荒草野地、残垣断壁以及他穿越历史的孤独的脚步声，还有他吃的饭、他刚认识的一个什么人，还有他不认识的但天天看见的公寓边的一个女疯子。除了北大和圆明园，他哪儿也没去过，没去故宫，没去长城，连长安街在哪儿也不知道。对北京，他还是没有兴趣，但比在箫市，他明显地热爱生活了，对周围的事物也不再那么冷漠。他的声音通过电话传来，既写实又抒情，是附在李少白的耳边说的，似乎比面对面说话更显得亲热。慢慢地，李少白也就习惯了，相信他确实是想考研，而不是为了躲开她逃走的。

一个月后，李少白请假去了一趟北京，探望何开来。出乎意料的是，何开来并不像电话中表现得那么亲热，好像他一点儿也不喜欢李少白来北京探望。李少白本来想在北京待一周的，结果才一天她就回来了。回来后的李少白情绪抑郁，面色苍白，好像心里塞满了垃圾，必须狠狠呕吐一回，才能恢复。

一天夜里，很迟了，我已经睡下，李少白来电话说，她在想她和何开来之间的事，她睡不着，失眠了，她要我过去陪陪她。她的声音急切、无助，好像很需要我。我赶到她那儿，她大概是被失眠折磨得不太正常了，我还来不及问是什么事，她劈头就说，你知道我在想什么吗？我在想，何开来在性方面是不是有问题。我就吃惊地看着她。这种话，若是出自何雨来的口，我是一点儿也不奇怪的，但李少白突然这么说话，我不能不吃惊。李少白看着我，说，你吃惊了，是不是？

我说，你怎么了？

李少白说，没什么，我确实是想找你谈谈性方面的事。

这方面的事，我又能谈什么呢？还好，都是李少白在谈，我只要听就可以了。但是，我听得越多越不明白，我真不知道何开来是怎么回事。李少白说，何开来只是把她当作故乡供起来，而不是当作一个人，一个女人，他甚至在刻意回避男女那种事，不过，那种事到底还是发生了。可是，就在那种事之后，她看见了何开来陌生的眼神，他在上面陌生地看着她，好像跟他做爱的人不是她，而是另外一个他完全不认识的什么人。

我说，怎么这样？

李少白说，谁知道？他还有句名言，说婚姻不是爱情的坟墓，做爱才是爱情的坟墓。

我说，他是不是真的在性方面有问题？

李少白又说，没有。

我说，那怎么回事？

我不知道。李少白茫然地看看我，又试图去理解何开来，说，他是把爱情当作一种乌托邦来谈的，他这个人也是只能用来想象的，不能跟他一起生活的，也许我就应该让他逃走，我根本就不该去北京看他。

我说，你们在北京到底发生了什么？

李少白说，也没什么，什么也没发生。我找你就想说说我在北京的事，再不说我真受不了了。我乘了二十六个小时的火车，到达北京站是夜里十二点，何开来说好在出口接我。他确实立在出口处。我已经走到他面前了，他还没有看见我，他根本就什么也没看，垂着脑袋，若有所思的样子，跟他坐在马桶上的表情一模一样。我碰了碰他的手臂，他才回过神来，可一点儿兴奋的表示也没有，他脸上是尴尬的、陌生的。好像他也意识到了这种表情是不妥的，很勉强地在脸上挤出了一点笑来，然后示意我跟他走。穿过广场时，我挽了他的手臂，他好像很不习惯，走路也不自然了，他转头看看我，表情依然是陌生的。

从火车站到他住的公寓，很远，差不多一个小时的车程。我们坐在出租车的后排，我有点儿累了，我想在他的肩上靠一靠，可是，他那个神态让我没法靠上去，就像想靠在一个陌生人的肩上那么艰难。途中，有一瞬间，他把一只手放在了我腿上，还没等我做出反应，他又立即抽回去了，好像是放错了地方。我不知道这到底是怎么了。这一点儿都不像一对恋人久别重逢，久别重逢应该是惊喜的、热烈的，起码也是有点儿亲热的，无论如何，不能这么陌生、冷漠的。我掉头看着窗外，我的眼泪差点儿就要掉下来了。

何开来住在公寓的地下室。我说，你干吗要住地下室？他说他喜欢地下室，地下室安静，住在下面有种穴居动物的感觉，而且离地狱也比较近，若是死了，连埋也不用埋的。进了房间，他让我坐在床沿上，房间里没什么东西，就一张单人床、一张小桌子和一把椅子，书堆在桌子上和枕头边，有半人高，看上去倒蛮像一个读书人的房间。何开来搬了椅子，一本正经跟我对面坐着，好像我不是他的女朋友，而是一个他还不怎么熟悉的来访者，他不知道怎样应付。他努力地想说点儿什么或做点儿什么，但又不知道说什么或做什么，于是就很窘。我说，你怎么了？你不认识我了？何开来语无伦次地说，不是，但是，啊，哈。但他还是站了起来，把手轻轻地放在了我肩上，又轻轻地吻了我一下，完全是蜻蜓点水式的，就跟老外社交场合的吻一样没有意义。何开来说，你累了吧，睡吧。

我们挤在一张单人床上，必须互相抱着才不会掉下去。身体的接触好像唤醒了他的记忆，我感觉他的手活过来了，可冷漠是会传染的，我已经一点儿兴趣也没有了，我觉着自己就像一具尸体躺在那儿。我终于哭了。何开来很紧张地看着我，他是想安慰我的，但他什么表示也没有，只是发呆。

我说，我们已经很陌生了。

他说，嗯。

我说，我一点儿都不懂你。

他说，嗯。

我说，你是不是另有所爱了？

他说，嗯。

我说，啊！

我大概吓着他了，他把眼睛睁得大大的，连连说，对不起，对不起，我应错了，我没有另有所爱。

我说，那你也不爱我了，是不是？

他说，不是。

我说，你真的让我不懂，我该怎么理解你？

他说，这个，这个，这个确实是个问题，我也不知道该怎样理解自己，我对自己也很陌生，也许我不该来考研，我应该去出家。

我说，那你怎么不去出家?

他说，是也许，我是说也许。

后来我还是睡着了，地下室确实安静，睡在地下室里，好像跟这个世界已经没有关系。

第二天，我们走出地下室已经是下午了，他带我去未名湖走了一圈。那是个谈情说爱的地方，湖边都是成双成对的。北大的学生比我想象的开放多了，我们刚在一块石头上坐下，边上就来了一对男女，站在那儿肆无忌惮地接起吻来。我拉了拉何开来，但他早已熟视无睹，看也不看一眼，说，这有什么好看的。我也只好忍着不看。隔了好一会儿，我还是忍不住又看了一眼，那对男女还在接吻，他们的眼睛是闭着的，好像除了他们，这个世界是不存在的。我有些羡慕，他们真是幸福啊。我估算，他们这个吻至少有十五分钟了，我又拉了拉何开来，悄悄说，他们还在接吻。何开来嘲笑说，这么长时间，不难受？我看看手表，说，我来计时，看他们到底要吻多久。何开来说，你真无聊。又过了十五分钟，他们终于松开了。我这才看见那女的泪流满面，眼睛就像两道泉眼，眼泪直往外泻。那女的狠狠地甩了一下头，一转身，跑了，速度极快，我想再看一眼也来不及，她就不见了。我突然也跟着伤感起来，而且心里很不安，我说，原来他们是在分手。何开来说，嗯。我说，你待在这种地方，我真的不放心。何开来说，这个，你可以放心。我说，我们分手的时候，你会不会也这样忘情地吻我三十分钟？何开来想也不想一下，说，不会。我们就没话了。何开来见我生气，说，这地方不适合你待，我们去圆明园吧。

现在，我才知道他为什么喜欢圆明园，他是把圆明园当作女人的，一个像维纳斯那样断臂的历史美女。你无法想象他在圆明园里干什么。他把我带到那个著名的废墟——大水法面前，大水法是令人震撼的，尤其是在黄昏，那么荒凉地堆在那儿，从此我相信没有一种美比废墟更美。大水法的拱门是汉白玉雕的，线条很华美、女性，因为是残缺的，又使人有无穷无尽的想象。面对大水法，是说不出话来的，心里有种无法言说的痛感。倒不是因为它的历史，而是它直接呈现出来的残缺之美。美是痛的，就像爱情。我觉着我无力在大水法面前站下去了，这时，我才发现何开来不见了。我喊了一声，他也没应，我转到大水法的背面，看见何开来靠在半根立柱上，头也靠在柱上，他站的地方比我高，他的一只手插在裤腰内，在动。我看了又看，才敢确认他是在干什么。他好像很忘我，脸是朝向天空的，眼睛跟我在未名湖看到的一样，也是闭着的。我立即就傻了，但我还想起应该躲开，装作什么也不知道。

回到公寓，我提起旅行包说，我要回去了，你送不送我？

何开来说，你才来，怎么就要回去？

我说，我来是我想来，现在我想回去了。

何开来说，我不懂。

我说，我也不懂，是我不该来。

我不想给他任何挽留的机会，提了包就往外走，他跟在后面，直到我上火车。他满脸无辜，一点儿不知道我为什么生气。我一到家，他的电话就来了。

他问，你为什么生那么大的气回家？

我拿着电话就哭了。

他等我哭完，又问，你为什么生那么大的气回家？

我说，你问你自己吧。

他说，我不知道。

我说，你在大水法那儿都干了什么？

他说，哦，哦，你看见了？

我说，你好意思问。

他居然一点儿也没有不好意思，倒好像我为这种事生气很无聊似的，他嗨嗨笑了两下，说，我还以为什么大不了的事。

我说，你觉得正常？

他说，可能有点儿不正常，但也没什么。有位大人物还说过，再没有比自慰更快乐又于人无害的娱乐了。

我说，既然这样，你还找我干吗？

他说，这是两回事。

我也知道，这种事很平常，但我还是无法接受。我说，如果我不在，你那样我可以理解，可是我在你身边，你不要我，宁可那样，你不是在侮辱我？

他说，对不起，我没想侮辱你，我在大水法那儿，我置身于废墟的内部，怎么说呢？不知怎么的总有一种强烈的冲动，我无法控制自己。如果你在意，我以后不去那儿就是了。

现在，他还是每天打电话，声音越来越温柔，你说，我可不可以原谅他？

第四章

父亲过世了。

父亲被查出肺癌晚期，到过世也就一个月时间。父亲得知自己将不久于人世，并不是很难过，父亲平静地说，死了也好，死了就不用这样弓着背咳嗽了。父亲拒绝化疗，他不愿在死之前再受一次折磨，他认定他的肺早就坏掉了，早晚是要死的。他唯一的愿望是不要把他的病告知何开来，免得影响他学习。

父亲快不行的时候，我母亲说，打电话让何开来回家。父亲沉吟许久，最终还是决定不见最后一面，并且嘱咐我们在他考研后回来，再慢慢跟他说。父亲做出这个决定后，竟有些快活，似乎获得了另外一种补偿，看见了他的儿子何开来正坐在未来的主席台上，成了一位了不得的大人物。而大人物通常都是在牺牲了伦理、家庭、爱情等之后，才能成就的。父亲这样做不愧为大人物的父亲。

所以，何开来一直不知道父亲已经去世，他的考研无形中就变得相当悲情。但是，在离考研还有一个星期时，何开来又决定不考了，他要回家了。电话是我接的，我说，为什么？他依旧是那种无所谓的口气，不为什么，不想考，就不考了。我想起父亲，很庆幸他已经死了，若是活着，我想，他会活活给气死的。

据何开来后来跟文如其说的，他实在是不应该回来。他说，车到箫市，他觉着箫市他是陌生的，他甚至不想下车了。他最后一个出站，有气无力地拖着旅行箱穿过广场。广场上几乎已经没人了，他见这么大的广场连个人也没有，就在广场中央站了一会儿。但是，他才站了一会儿，面前就来了一个妇女，也不知道她是怎么来的，冲他问，要住旅馆吗？何开来站在广场中央，是在思考先回李少白的家还是父母的家。这是个问题，他一点儿也不想有人干扰，他转了个头，表示不理，但这妇女以为他是初次来箫市的外地人，她也转了个头，又冲他问，要住旅馆吗？何开来瞟了她一眼，发现是个肥胖的中年女人，便赶紧离开。

何开来还是决定先回李少白那儿，应该说这是个正确的决定。李少白的家离火车站不远，他叫了一辆三轮车，不一会儿就到了。他提着旅行箱爬到三楼就气喘吁吁了，喘气的中间，他又突然觉着这地方很陌生，好像是他从没来过的一个什么地方。这感觉实在是很突兀的、毫无来由的，他看了看李少白家的铁门，确认这就是她的家，这是不可能有错的，那么说明这种陌生感并非来自铁门，而是来自内心的什么地方。大概是他在北京的恶劣表现，他害怕了吧。他在门外整整站了半个小时。他摁响门铃的时候，已经是下午三点半了。

李少白并没有来开门。他又摁了一次门铃，还是没有动静。他告诉过李少白他下午五点到家，李少白在电话里虽然有怨气，但也没有拒绝他回来，甚至是原谅他了，应该不是故意不来开门。不过，现在才三点半，所以她不在家也是正常的。何开来叹一口气，想，她不在家，究竟好不好？但眼下的现实，显然是不好的，他想进去，没人开门。何开来只得自己掏钥匙开门，可是，他忘了钥匙放哪儿了，他搜了一遍随身带的挎包，没有，又打开箱子搜了一遍，也没有，他这才隐约想起自己离开时，好像没带钥匙。他就愣在那儿，心里又被那种毫无来由的陌生感所控制。

这时，楼上下来了个陌生人，见何开来站那儿发愣，很是警惕地看了几眼，并且在他面前站住，问，你找谁？陌生人是审问的口气，极不礼貌，好像他是一个小偷。何开来斜了他一眼，没理他。陌生人又大声审问道，你找谁？何开来就生气了，说，我找谁？你管得着？陌生人大概是个当官的，没有什么事是他管不着的，他伸出指头比画着，威胁道，你等着，你别想跑。何开来说，你想干什么？陌生人见他并不害怕，自己反倒害怕了，狠狠盯他两眼，赶紧逃下楼去。

在女朋友家门口居然被人当作小偷，何开来感到受了严重的侮辱，很想立即赶下楼去，跟陌生人打上一架。何开来正在生气，楼下已上来了几个人，手中握着铁棍。幸好其中的一个还有些认得他，知道是搞错了，忙笑着赔不是。何开来还在生气，看着陌生人说，你干什么啊？陌生人尴尬地说，原来你住我楼下。何开来说，你住我楼上？陌生人说，不好意思，邻居，邻居。何开来也只好说，没关系，邻居，邻居。

这个楼里的住户何开来都不认识，他害怕等会儿楼上又下来一个人，又把他当小偷，他不想站在李少白的门外了，他想回自己的家算了。如果他真的回了自己的家，对他和李少白也许反而是好事，这个晚上，就我所知，或者就我想象，实在是一场灾难。不过，他一点儿也不想动了，他坐在楼梯的台阶上，把箱子移到了面前，趴在上面，准备先睡一觉。他坐了二十四小时的火车，路上一直没睡着，实在是困了，即便是站着，也该睡着了。他想，一觉醒来，李少白总该回来了。

李少白回来后的情况是这样的，她见有个人趴在自己的家门口睡觉，吓了一跳，好在她很快就认出了这个人是何开来。你回来了！你回来了！她惊喜地道。但何开来毫无反应，而且打起了呼噜，好像是说，他正在睡觉，请勿打扰。李少白等了一下，还是拿手去拍他的脑袋，直拍得何开来抬起头来。看见何开来的正面，李少白立即就忘了他的不是，俯下身，伸嘴去亲，就在李少白的嘴唇刚要碰上他的瞬间，何开来转了一下头，避开了。李少白的嘴唇扑了个空，就僵在那儿，好像是无法合拢了。好一会儿，李少白的嘴才恢复了说话的功能，小心地问何开来是不是生气了。何开来摇了摇头。李少白又问，你是不是怪我不在家等你？何开来说，没有。李少白说，你说好五点钟到家的，怎么提前了？何开来说，火车提速了，快了两个小时。李少白说，都怪火车。何开来说，是的。何开来的声音是冷漠的，好像在跟一个陌生人说话，他大概在生气。李少白又说，知道你提前回来，我就不上班了。何开来打了一个哈欠说，我没怪你，我睡着了，我在做梦。

进了门，何开来刚碰着沙发，头一歪，就睡着了。李少白立在沙发面前，怔怔地看了一会儿，伸手来拉何开来说，起来，去床上睡。何开来一动不动地咕噜道，不去，就这儿。李少白说，去床上睡，床上舒服些。何开来不耐烦地说，别管我，就这儿。

也许他是太困了，睡一觉就好了。事实似乎就是这样的，何开来一觉醒来，已基本恢复了正常。他在黑暗中睁开眼睛，什么也看不见。这是什么地方？我在哪儿？他自言自语，好像他不知道已经回到了李少白的家中。这种自言自语的口气，也是让李少白听着伤感的。不过，何开来闭上眼睛又叫了两句：李少白，李少白。这两声下意识的叫唤，表明他心里还是有她的。李少白赶紧开了灯，说，醒了？何开来再次睁开眼睛，看见灯下的李少白那么伤感地看着他，某根神经大概受了触动，就起身抱了抱李少白，说，对不起，我实在太困了。李少白说，醒了吧，知道自己在哪儿了？知道了。何开来说着，就有了亲一亲她的意思。李少白头一歪，阻止说，我刚才想亲你，你为什么不让？何开来说，你刚才没想亲我嘛。李少白说，还没有？你坐在门外的时候。何开来想了想，她是有过想亲他的动作，他转了一下头，避开了。其实他也不知道为什么就转了一下头。李少白说，你为什么不想跟我亲热？何开来迷糊地说，不知道，大概是太困了。李少白说，不对。何开来说，对的，就是这样。李少白不说了，只是拿眼疑惑地看着他，看得何开来觉着实在有点儿对不起李少白。他们是应该好好地亲一亲了，何开来就将她抱紧了些，同时把嘴送了上去。但是，李少白又歪了一下头，坚持说，你不告诉我为什么，不让你亲。李少白的语气相当严肃，一点儿都不像撒娇，何开来只得把嘴收回，丧气地说，别在这些细节上纠缠，好吗？李少白说，这不是细节，这很重要。何开来说，我真的不知道为什么。李少白说，你不知道吗？何开来说，不知道，那你说为什么。李少白迟疑了一会儿，说，你真的还想我吗？何开来说，想。李少白说，你是因为我才回来的？何开来说，是的。李少白说，你撒谎。何开来说，我撒谎？李少白说，你根本就不想我，你刚才在门外看我的时候，非常陌生，就像在看一个陌生人。何开来确实被一种陌生感控制着，本来，也就是一点感觉，对他也不算什么了，但经李少白这么一说，好像真是个问题，何开来就不知道说什么好，而且有点儿尴尬，就跟偷情被她抓住了似的。李少白又说，为什么呢？何开来喉咙胀了一下，干咳了一声，说，我不知道，我确实有陌生感。李少白叹了口气说，想不到你回来还是这样的。

话是这么说，李少白还是同意让他亲了。何开来是想表现得很有激情的，可一碰上李少白的嘴唇，何开来说，那种陌生感又不合时宜地来了，他的嘴唇稍微收缩了一下，这个理论上久别的吻，就意外地中断了，就像刚拉的一根蛛丝被风吹断。李少白已经闭上了眼睛，而嘴唇突然又空了，她狐疑地睁了睁眼。何开来本来就睁着眼的，看见李少白狐疑的眼神，显然是不敢对视，赶紧也闭了眼，又咬了咬牙，紧紧地抱着李少白，一顿狂吻。

这种强制性的行动也不能说就没有效果，起码是让他看上去像个合格的男朋友。我想，这顿狂吻还有另外的效果，因为嘴的运动，他想吃东西了。何开来放了李少白，嗫嚅道，我饿了。菜是早就烧好的，在餐桌上等了个把小时了，李少白说，菜都凉了。何开来说，没关系。李少白说，我把黄鱼再热一下。何开来说，还有黄鱼？李少白说，那当然，你回来怎么能没有黄鱼？何开来说，干吗一定要有黄鱼？有什么说法？李少白说，没什么说法，就想做点儿好吃的给你吃。可是，黄鱼凉了，凉了的黄鱼就不够好吃。

吃饱了的何开来又不知道该干什么了，他在客厅和卧室之间来回地走，似乎是决定不下该待在客厅里，还是待在卧室里，这两个地方的指向，大概是不一样的。他在客厅站一会儿，然后走进卧室，在卧室站一会儿，然后又走回客厅，这样重复了五次，还是决定不下该待在哪儿，若不是李少白问他这样走来走去干吗，他大概还要重复下去的。等何开来终于在客厅里坐下，李少白也挨着他坐下，她吸了吸鼻子，说，你身上好像有气味。何开来说，什么气味？李少白说，好像是火车的气味。何开来说，火车的气味？李少白靠近又吸了吸鼻子，说，是，就是火车的气味，你先洗澡吧。

何开来洗澡时，李少白一个人在看电视，一集连续剧看完了，接着是让人讨厌的广告，她才想起何开来还在洗澡。她跑到浴室门边，听见里面还有喷水的嗞嗞声，但没有何开来的动静，她怀疑他在里面睡着了，就推了门进去。何开来睁开眼睛，见李少白推门进来，吃了一惊，说，你干吗啊？李少白看见何开来裸体站着，很有点儿不好意思，好像她从没见过似的。我以为你睡着了呢。李少白慌忙关了门出去。

等何开来终于从浴室里出来，李少白说，洗那么久，你杀猪啊。

何开来说，我发现站在喷头下面，闭了眼，一动不动，让水流遍全身，很性感的，非常舒服。那好像不是在洗澡，而是待在我妈的子宫里面。我觉着身体以及身体内部那个叫作灵魂的东西开始复活了，没有火车的气味了。

李少白再看何开来，脸上果然有了些光彩，脸色也白净了，好像是换了个人。李少白又将鼻子贴近说，嗯，现在很好闻。

何开来似乎就有了点儿冲动，把李少白抱了起来。李少白说，我也先洗澡。如果何开来这时就想做爱，估计李少白也是愿意的，但何开来也仅仅是有那么一点冲动，李少白说先洗澡，他也就放过了。

现在轮到了何开来看电视，他操着遥控器把所有的频道都翻了一遍，没发现有什么东西是他想看的，又倒过来把所有的频道翻了一遍，就像在翻一堆早就准备扔掉的破烂。他感到摁遥控器的拇指麻了，糟糕的是，拇指的麻木感很快就传到了脑部，他那点通过洗澡获得的好感觉，几乎是被电视完全消耗了。现在，坐在电视机前的何开来，又回到了半死不活的状态，面对即将到来的不得不做的一次爱，他感到有些焦虑。

李少白穿了件白色的透明的丝质睡裙，头发披在后面，看起来应该相当性感。何开来，我洗好了。李少白走到客厅中央，站住说。她是想让何开来欣赏欣赏她刚出浴的形象，但何开来只是哦了一声，头也没动一下。李少白又说，你看我这件睡裙怎么样？何开来这才把目光从电视机移到她身上，说，好，很好，穿了跟没穿一样。李少白笑了笑说，胡说。

好了，现在都准备好了，该做爱了。可何开来并没有要做的意思，刚才，刚洗完澡的时候，是有一点冲动，但现在，他在看电视，好像把那点冲动全看没了。李少白见他坐着不动，只得过来陪他坐下。李少白说，你在看什么？

何开来说，没看什么，什么也没看。

李少白说，那你还看。

何开来说，这就是电视，你在看，等于没看。

李少白说，那就别看了，我们睡觉吧。

何开来说，睡觉，这么早睡觉？

李少白说，你不是已经很困了。

何开来说，原来很困，现在不困了。

李少白是想引导他做一次爱。其实她也不是想做爱，她只是觉着恋人久别重逢，总得做一次爱，这是一项仪式。她把下巴搁在了何开来的左肩上，她的下巴有了一个支点，支撑脑袋的下身慢慢就软了，但何开来好像没什么感觉，李少白只好打了一个哈欠说，那就说说你在北京的生活吧。

啊，何开来说，我在北京的生活？我在北京没生活，没什么可说的。

李少白说，你真的不想考研了？

何开来说，不想考了。

李少白说，就回来了？

何开来说，回来了。

李少白说，那你当初为什么要去北京？

去北京？何开来说，我也不知道为什么。

李少白说，没有一个理由吗？

何开来说，没有。

李少白说，真的没有吗？

何开来大概是真的没有，他侧过脸，茫然地朝李少白张了一下嘴，好像是想说点儿什么理由的，但又没什么可说的，他就空洞地朝李少白张着一张嘴，一副白痴的样子。

李少白说，你在想什么？

何开来说，没想什么。

何开来大概不能忍受这样的对话，宁可干点儿别的什么。

他不无紧张地看了看李少白，一时也想不起该干点儿什么。他握着遥控器的手习惯性地摁了一下，电视随即换了一个频道，一个女主持人拿着话筒跳出来，占据了整个屏幕。何开来听着就生气，说，你给我闭嘴。

何开来关了电视，把遥控器扔到了茶几上。他突然想抓住点儿什么，伸手做了一个抓的动作，很快他又发觉，这动作是毫无意义的，他把手垂了下来，这垂下来的手搁在了李少白的腿上。李少白的腿包着丝质睡裙，很是光滑，他的手搁在上面就有了抚摸的欲望，他在睡裙表面摸了一会儿，又掀开裙子摸了一会儿。他的手终于活动起来了，而且充满了力量，他把李少白抱起来了，李少白在何开来的手上，发出了低声的呻吟。这样的声音应该是使他更加兴奋的，但是，他说，就在这个关键的时刻，他的脑子里出现了他下午走出车站时那个问他要不要住旅馆的中年妇女。那个中年妇女的面目他根本没看清楚，他只记得是个肥胖的中年妇女，这个肥胖的跟他毫无关系的中年妇女，这个时候出现在他的脑中，是很意外的、荒唐的、莫名其妙的，可是，她确实出现在了他的脑中，这使他几乎丧失了兴奋感，仿佛他不是这个抱着李少白正准备上床的何开来，而是刚刚走出车站站在广场的箫市的陌生人。何开来觉着他的大脑和手完全分离了，大脑是冷漠的、不可名状的，手是兴奋的、充满欲望的，好像这抱着李少白的手并不是他的，而是一双陌生人的手。

何开来就在这种分裂的状态下开始做爱，他希望通过做爱的动作解决大脑的故障，但是，那个面目模糊的肥胖的中年妇女，还是占据了他的大脑。李少白也觉察到了他有问题，但她无论如何想象不到何开来的脑子里盘踞着一个跟他没有关系的中年妇女，她是怀疑何开来变心了，跟她做爱的时候，心里在想着另外一个女人。这自然是极其严重的、完全无法忍受的，她这样想时，肯定也就没有了兴趣。李少白突然朝何开来说，你还在上面吗？何开来被这么一问，就停止了，说，在，什么意思？李少白冷冷地说，没什么意思，我不想做了，你还是去自慰吧。何开来好像是被打了一枪，立即就翻了下来，不过，他还是装作很有绅士风度地说，好的，谢谢。

但何开来还是觉着自己受了侮辱，他无法在李少白的床上再躺下去了，他起身去了文如其那儿。这一夜，他好像没睡，第二天一大早，他睡眼惺忪地回到了家里。我母亲当然不会知道这些事，一见他眼泪就禁不住流了下来，何开来一脸麻木地看着母亲流泪，也不说话。半天，母亲哽咽说，你父亲过世了。何开来说，什么？母亲说，你父亲是十二月二日去世的，为了不影响你学习，他不让我们告诉你他得了癌症，也不让你回来奔丧。其实考不考研有什么要紧，我很后悔听了他的话，没叫你回来见上最后一面。你父亲临终时，就我和燕来在，你不在，雨来也不在，雨来在不在，也不管她了，但你应该在的，你父亲临终还叫了你的名字。何开来先是惊愕，接着是沉重，弯了腰不堪重负似的。但他对付沉重向来很有办法，他伸长脖子朝窗外翻了翻白眼，又吐了一口气，好像就把沉重的东西吐完了。他的脸上又恢复了固有的麻木。何开来说，这不怪我，是你们不告诉我。母亲说，是你父亲的决定，早知道你反正不考，真应该叫你回来的。何开来就没话了。母亲擦了一把眼泪，又说，我不是指责你不考研，不考也好，你只要和李少白好好过日子，我就满意了。李少白呢？何开来说，她在她家。母亲说，你父亲葬在西山公墓，明天我带你去看看。

何开来很有点儿委屈的样子，似乎父亲不让他回来奔丧，很对不起他。母亲去厨房烧饭后，他还在想这件事，他显然是越想越不对头，他在房间里毫无规则地转来转去，忽然，他停止了转动，气呼呼地问我，你说，你说，父亲为什么要把他的死强加到我的考研上面？我没办法回答他的问题。他看看我，又像是朝我生气，气呼呼地走了，经过厨房门口，母亲问，你去哪儿？快吃饭了。何开来说，我走了，不吃了。

第二日，刚好是周末，母亲和我一早去叫何开来，给父亲上坟。我说，那么早，他一定还在睡觉。母亲说，早点儿去，回来我还有事。到了李少白那儿，何开来也刚刚才进门，就是说，他一夜未归。母亲诧异地说，你怎么才回来？何开来说，嗯。母亲说，你去哪儿了？何开来说，没去哪儿。母亲说，没去哪儿怎么才回来？何开来说，在酒吧玩，行了吧。何开来显得不耐烦了，母亲看看他，也就不敢再问。母亲转而说，你还去不去看你父亲？何开来更不耐烦了，简直就是生气了，背过脸去说，死都死了，还有什么好看的。

何开来不去给父亲上坟，母亲大概也是生气的，但母亲很快又原谅了他，认为他一夜没睡，困了，不去也不要紧的。倒是他刚刚回来就整夜不归，很让母亲忧虑，而且我们在李少白那儿，也没见着李少白，母亲说，他和李少白是不是有什么问题？我说，可能吧，像哥这样，跟谁会没有问题。母亲说，唉。

何开来和李少白的问题，显然比母亲想象的更为严重。大约半个月后的一个夜里，何开来提着一个旅行包，回到了家里。他把包往原来他住的房间一扔，很轻松地说，我回来了。好像他不是跟李少白分手回来，而是去哪儿旅游了一趟回来，他的这个态度，以至于我母亲都不相信他和李少白已经分手了。

母亲说，你包里是什么？

何开来说，衣服。

母亲说，谁的衣服？

何开来说，我的衣服。

母亲说，你提那么多衣服回来干吗？

何开来说，我回来住。

母亲说，你回来住？

何开来说，我回来住。

母亲说，你和李少白吵架了？

何开来说，没有。

母亲说，那你……

何开来说，我们分手了。

何开来这回的口气是认真的，而且说完再也不愿回答任何问题。我母亲说，你、你、你，肯定都是你不好。你怎么可以跟她分手？你去哪儿再找这么好的姑娘？我不允许你们分手，我就认李少白一个，你以后再找什么人，我一概不认。

母亲大概还以为有挽回的余地，使劲拉着何开来，要陪他回李少白那儿。但何开来站那儿，根本就拉不动，最后是我陪母亲去了一趟李少白那儿。李少白见了我和母亲，先拉了拉母亲的手，又拉了拉我的手，眼泪止不住就流下来了。我母亲见李少白这样伤心，又拼命说何开来的不是，说得李少白都觉着过分了。李少白说，其实，没有谁对和不对。母亲说，这就对了，两口子吵架，没有谁对和不对，何开来明天会回来的，他离不开你。李少白说，结束了，没有明天了。母亲说，少白，我知道肯定是何开来不好，你能不能说说究竟是怎么回事？这对李少白，似乎是个难题，她的目光在母亲和我之间移来移去，好像在想她和何开来之间的事，但她一定是越想越糊涂，最后只好摇头说，这个，我也不知道，这个，不好说，很难说，说不清楚，反正他从北京回来后，我们是一天比一天陌生，待在一个屋子里，完全就像两个陌生人。他说，他一直在心灵深处寻找什么东西。当初他毕业选择回家，也是在寻找什么东西，但是，故乡是陌生的。他以为爱情就是故乡，他爱我，他经历过爱情，但是，他发觉爱情也是陌生的，我也是陌生的，就连他自己，他也是陌生的。你说，你说，既然这样，我们除了分手，还有什么办法。母亲不能理解这样的结局，不停地说，怎么是这样？怎么是这样？如果是何开来见异思迁，喜欢上别的女孩，或者李少白移情别恋，都是可以理解的。可是，两个恋爱的人，最终变成两个陌生人，这是母亲不能理解的。不过，这样的事，发生在何开来身上倒是平常的。

何开来搬回来住，最倒霉的人是我，他占了一间房后，我又得和何雨来同住一屋。虽然何雨来也不愿和我同住一屋，但何开来回来，她是很高兴的，就像是她胜利了似的，哇哇叫道，哥，你终于回来啦。

何开来没理她。何雨来又说，其实，我早知道你们迟早是要分手的。

何开来说，你怎么知道？

何雨来说，我当然知道，你不分手，你就不是我哥了。

何开来翻了翻白眼，说，你再幸灾乐祸，当心我赏你一个耳光。

何雨来说，哼，你以为我喜欢你回来，你回来占了我房间，我住哪儿？

何开来说，房间本来就是我的，你搬回去和燕来一起住。

何雨来说，我和她一起住？我和她一起住，不变态才怪。

何开来说，那你就找个男朋友，搬出去住。

何雨来说，这还差不多。

我和何雨来同住了三天，发觉她的毛病又增加了不少，半夜回来，还在房间里抽风似的扭屁股，第四天，我实在忍无可忍了，我搬进了母亲的房间，和母亲一起住，虽然也不太习惯，但总比和何雨来一起住舒服得多。

当时，我还不知道她已经吸毒，何开来也不知道。何雨来越来越神出鬼没，经常几天几夜不回家，好像她有了自己的生活，再没兴趣当何开来的跟屁虫了。不久，一个警察蹿进我家，很严厉地通知我们，何雨来吸毒，现在关在某某强制戒毒所内，并要求我家立即交纳五千元戒毒费。我母亲肯定比听到何雨来的噩耗还要难受，母亲突然剧烈地咳嗽起来，就跟父亲生前那样，好像她的肺给气炸了。可是，这又有什么用，何雨来算是完了。

照警察的指示，戒毒的人最需要家人支持，第二日，我们全家只得提着大包小包赶去探望何雨来。何雨来在戒毒所里还是嘻嘻哈哈的，并没有我们想象的那么痛苦，而且她的狐朋狗友大多也关在一起，一点儿也不寂寞。见了我们，倒比平时亲热了，激动地说，妈，哥，姐，你们都来看我啦。看她那样，我都快要怀疑毒品是否真有那么可怕了。

说句极为自私的话，自从何雨来进了戒毒所，家里倒是清静了。

何开来还是老样子，只是比原先更加无聊。和李少白分手，也许并不像他表现的那样轻松，毕竟这是他最为像模像样的一次恋爱，总归会在心底留下一点灰烬的。他对女人似乎完全失去了兴趣，起码是暂时失去了兴趣。现在，他最大的兴趣是养狗，一只他从河边捡来的白色小哈巴狗。因为狗，他的生活有了一点变化，他在河边溜达的时间多了许多，他带着狗，给狗脖子系上小铃铛，让狗追着他跑，或者他追着狗跑。他还带狗上玛雅酒吧，和文如其两人共同教会了狗儿喝啤酒，回家时，他和狗都是醉醺醺的，尤其是狗，摇头摆尾地拖着身子，比他还醉生梦死。

我母亲见他这样，以为他还想着李少白。母亲一直期待着他们能够重归于好。直到有一天，何开来在饭桌上郑重宣布，他要结婚了。母亲高兴地说，你们终于和好了？何开来说，什么和好了？母亲说，你不是和李少白？何开来说，不是。母亲说，那你和谁结婚？何开来说，一个女人。母亲说，废话，我是问什么女人？何开来说，一个开蛋糕房的女人，比我大八岁，离过婚，还有一个六岁的女儿。

母亲瞥了我一眼，我差点儿笑出声来，我们都不相信他说的是真的。但是，当晚，他真的带了那个女人回来。她叫杜圆圆，她一进门，我感到房间就变小了，同时，房间的温度也升高了。这感觉首先来自她庞大的体积。何开来站她面前，跟她一比，小得就像个孩子。她很胖，全身肉滚滚的，尤以胸部和臀部为最。她的脸胖得也快不成样子了，眼睛、鼻子都陷进了肉里，就像陷入沼泽的物件，让人担心立刻就会消失。大概是我和母亲过于惊异，她看我们的神情开始有点儿尴尬，不过，很快她就恢复了老板的姿态，变得盛气凌人了。她推开正准备替她解围的何开来，朝我母亲说，我头一次来，我自我介绍一下，我叫杜圆圆，圆满的圆。我是做生意的，在街上开着三家蛋糕房，箫市的生日蛋糕，大部分都是我店里做的。我和何开来，注定有缘，他爱我，我也爱他，我们准备结婚了。请你们放心，我会对他好的，他是个需要照顾的人，我会照顾好他的。我虽然没什么文化，可我喜欢文化人，能够嫁给何开来，我这辈子也算心满意足了。至于婚事，不用你们操心，婚后他住我家，我有钱，有房，有车，该有的基本都有，只要重新装修一下房子，换套家具就成了。杜圆圆一点儿不像小媳妇见婆婆，而像是在她的蛋糕房朝她的员工训话。我母亲还没听完，眼泪竟抑制不住流到了脸上。母亲连声说，对不起，对不起，就起身躲进了自己的房间。杜圆圆不明白母亲为什么流泪，但母亲的眼泪对她总归不是什么好事，她勉强又坐了一会儿，然后冷冷地命令何开来“送我回去”。

杜圆圆随即伸出有大腿那么粗的手臂，让何开来挽着走了。我发觉，何开来在她面前，很是温驯，就像是她的一个小随从，这让我有点儿看不懂。何开来对付女人，应该说蛮有经验，从来都是他占据主动，他在泡妞，怎么面对杜圆圆这么一个粗俗的胖女人，反而像只小绵羊了呢。

母亲在房间里捂着嘴咳嗽了一阵。父亲死后，好像把咳嗽的毛病留给了她，现在，母亲一生气，就会咳嗽。我进去倒了一杯热水给她，母亲咽了几口热水，才将咳嗽止住。他们走了？我说，走了。丢人。母亲说着又咳嗽起来。我等她咳完，说，哥的事不能当真的，过几天他就会换一个，我才不信他们真会结婚。母亲觉着我的预测不无道理，心里也就舒服了些。

何开来回来，我又想起他挽着杜圆圆的滑稽状，我说，哥，恭喜啦，你找了一个这么好的女人。

何开来说，你有意见？

我说，没意见，又胖，又有钱，又有房，又有车，什么都有，甚至连孩子也有，像你这么懒的人，不是正好合适嘛。

何开来说，算你聪明，你全说对了，胖有什么不好，有钱有什么不好。又胖又有钱，看起来是很俗，但是，大俗大雅，你懂不？

我说，你真有境界，我不懂。

不懂了吧，凭你那两下子，也敢来挖苦我。何开来得意地看我一下，忽然，又严肃起来，说，你以为找个年轻的漂亮的才合适，其实不是那么回事。譬如，我和李少白看上去是合适的，可实际上我们是陌生的，所谓爱情，只是一种虚构，一个乌托邦。而和杜圆圆，看上去是不合适的，我们的关系好像很庸俗，甚至恶俗，但我却获得了最大的自由，我不用再去虚构一种爱情，连虚构的念头也不用，这样多好。我们活着，说到底无非也就是一个屁，放了就完了，这样多轻松啊。你以为不合适，不就是因为她胖，体积庞大，但她的体积一点儿也不影响我。我觉得这样很好，她不会对我构成任何干扰，起码是不会干扰我的心灵内部生活，跟她待在一起，我才感到了什么叫了无挂碍。我是空的，无的，似乎是不存在的。难道这不是一种境界？

我说，我不懂。

何开来说，好吧，算我对牛弹琴。

这回，是我错了，何开来居然是当真的，此后的一段时间，何开来带着他的哈巴狗，早出晚归，似乎比谁都忙，忙着装修房子、物色家具、陪杜圆圆减肥。看来杜圆圆并不赞同他的观点，认为胖是好的。这期间，杜圆圆来过我家一次，是她一个人来的。她已经把自己当作何开来的夫人了，见了母亲，立即亲热地叫了一声"妈"，害我母亲应也不是，不应也不是，窘得不知如何是好。杜圆圆好像没看见母亲的窘态，又亲热地拉过她的手，给她套上一枚金戒指，满意地说，刚好，刚好。母亲使劲抖着手，想把金戒指抖掉，但金戒指套在了无名指上，确实是刚好，怎么也抖不掉。母亲说，这个……这个……杜圆圆说，这个是我孝敬你的。母亲说，我从来不戴戒指的。杜圆圆说，现在，老太太们都戴戒指，你也应该戴一个。说着，杜圆圆又变戏法似的拿出两根项链，大声宣布，燕来一根，雨来一根。也不经我同意，就来摸我的脖子，强行替我戴上项链，啧啧有声道，好看，好看。也不知道是赞美她的项链好看，还是我戴项链好看。我觉着被她摸过的脖子有点儿痒，我搔了搔脖子，跟母亲一样发窘，不知该怎样处理她戴在我脖子上的项链，毕竟人家是在讨好我，我也没有理由太让人难堪。

杜圆圆看看我们，脸上又堆了两堆笑，说，我很忙，我先走了。

我和母亲如释重负，说，啊，走好，走好。

媳妇孝敬婆婆礼物，本来也没什么，问题是母亲根本无法接受这个媳妇，她心里只有李少白一个。过了两天，母亲让何开来把杜圆圆送的金戒指和项链统统拿回去。

何开来说，拿着吧，蛮好的。

母亲说，我不要，你给我拿回去。

何开来说，我不拿。

母亲说，你拿不拿？

何开来说，不拿。

母亲说，哼，你不拿，我自己送回去。

母亲想让我陪她一起去，可这种事多难堪啊，我一点儿也不想去。母亲还是一个人去了，出门时，锁着眉头，很坚决的样子。可是，母亲没能把金戒指和项链给退回去。杜圆圆见了母亲，亲近得不行，母亲好像被她的亲近所控制，始终不敢退还她的东西。回来，母亲只好自己跟自己生气，神情很是沮丧，在床上躺了好些时间，自责说，我真没用，我连退个东西都不会。我说，那就算了。其实，退回金戒指和项链，也不过是表示母亲不接受杜圆圆而已，这对何开来并没什么用，何开来才不会在乎母亲接受不接受呢。隔了一会儿，母亲又说，其实杜圆圆也不容易。母亲这样说，好像是勉强接受杜圆圆了，但她的神情愈发沮丧。我说，睡吧。母亲说，我想咳嗽。

干咳了几声，母亲无端地想起了父亲，看着我，悲伤地说，燕来，我一咳嗽，就想起你父亲，我不管了，我管不了他们了，反正我也快去见你父亲了。

何开来的婚期定在十月七日，办完婚礼，然后八日去新加坡、马来西亚、泰国旅游，度蜜月。就在婚礼的前几天，我在街上遇见了李少白，我们好久没见了，尤其是何开来要和杜圆圆结婚，我有种没脸见她的感觉。我告诉她何开来要结婚了。原来她一点儿也不知道，听到这消息，不知她会做何感想。当时我是用嘲笑的口吻说的，我看见她也跟着笑了笑。我说，他老婆在街上开蛋糕房，大他八岁，很胖，不过，很有钱，何开来看中的大概就是她的钱。李少白说，开蛋糕房？不是前面街上的那家吧。我说，大概是吧，她同时开着三家呢，她是我们箫市的蛋糕皇后。李少白说，这个女人我见过，我在那儿买过蛋糕，何开来跟她结婚？你没搞错吧？我说，我没搞错，是何开来搞错了，他们定在本月七号结婚。李少白突然通红了脸，好像是受到了羞辱，我赶紧说，对不起，是我不好，我不该告诉你这些。李少白没理我，她在拼命地呼吸，然后嚷嚷道，何必呢？何必呢？何必这样作践自己。嚷着嚷着，她又低头继续呼吸。过了好长时间，她才拉我的手，低声说，我想见你哥，我想跟他谈谈。我说，好，也许还能挽回。李少白说，但是，不能我去找他，你告诉他，叫他来我那儿。

我看看手表，才十点钟，这个时间何开来肯定还在睡觉。

我立即回家叫醒了他。

干——吗——啊？何开来懒洋洋地说。

我说，快起来，有要紧事。

何开来说，有什么要紧的？

不过，他还是起来了。我说，刚才，我在街上见到李少白了。

哦。何开来斜了我一眼，好像被我耍了似的，说，这就是你的要紧事？

我说，这还不要紧？你赶快去她那儿一趟。

何开来说，去她那儿？干吗？

我说，她有话跟你谈，她在等你。

何开来说，有什么好谈的。

何开来又回到床上，准备再睡一觉。我说，你不去？

何开来说，不去。

我说，哥，李少白还爱着你，这是你最后的机会了，你想清楚。

何开来说，你倒挺煽情的，不过，我和李少白的事，你别管了，我们的事，你不懂。

我说，你别啰唆了，你去不去？

何开来说，你以为，我去一次，我们又可以重新开始了？

我说，去了再说，快去啊，人家在等你。

何开来被我逼得没法，翻着白眼走了。翻白眼是他的常用表情，我早习惯了，我以为他是去了李少白那儿。下午，我迫不及待打电话问李少白谈得怎样。李少白说，他没来。没来？没来。我拿着电话就沉默了，许久，我听见李少白在电话那头的一声叹息。

何开来不去见李少白，伤害的不仅仅是李少白，我觉着我也被伤害了，我想惩罚他。作为报复，我准备不参加他的婚礼，同时动员母亲也别去，何雨来还在戒毒所，这样，他的婚礼就没有一个亲人参加，让他孤家寡人去跟杜圆圆结婚吧。

母亲本来就是最不愿接受的，经我一说，也觉着不应该参加他的婚礼。但到了七号早上，母亲又动摇了，觉着不参加他的婚礼，是不应该的，毕竟何开来是我们的亲人。母亲说，看在娘的分上，你也去，陪我一起去。

婚礼在箫市最豪华的白天鹅大酒店举行。这是我见过的最为搞笑的一场婚礼。何开来和杜圆圆，怎么看也不像一对新人，倒更像是合作演小品的，他们出现在宴会大厅的时候，原本过于喧嚣的大厅忽然就寂静了，一时间，大家都成了素养极好的观众。杜圆圆穿着特大号的红色曳地婚纱，由何开来牵着，非常缓慢地从过道上移过来。我从未见过婚纱可以有这么大的，那简直不是一件衣服，而是一座帐篷，何开来牵着她，就像是马戏团里的小丑牵着一头披红挂彩的大象。而现在，小丑和大象要宣布结婚了，这确实很有喜剧性。在短暂的寂静之后，人群里不可避免地就爆发了各种各样频率不一的笑声，这笑声，当然极不礼貌，但是，谁也无法控制。好在爆竹及时地点燃了，爆竹的响声比所有的笑声都要响，爆竹响过，婚宴就开始了。

何开来基本没请什么人，他大概也不好意思让熟人看见他的新娘。来宾大多为杜圆圆的客人，我都不认识，我好像是来参加一个跟我毫不相干的人的婚礼。照规矩，母亲必须坐主桌，我是可以随便坐的，但母亲要我坐她边上，好像没我陪着，她这餐饭就无法坚持下去。主桌除了新郎新娘，还有杜圆圆的父母和舅舅，还有伴郎和伴娘，还有杜圆圆六岁的女儿杜方方。方方倒是蛮可爱的，她不是坐在杜圆圆边上，而是坐在何开来边上。何开来似乎忘了自己是新郎，将新娘冷落一旁，不停地做鬼脸，逗方方玩。何开来说，方方，你知道不，今天是叔叔和你妈妈结婚的日子。方方说，知道。何开来说，你知道结婚是什么意思？方方说，知道，就是一起睡觉。说得大家都笑了。杜圆圆也笑了，但立即又意识到自己是新娘，不可以随便笑的，那刚从肥肉深处绽开来的笑意就干在了脸上，像一道道裂纹。杜圆圆到底不习惯做新娘，随即拧了一把何开来，训斥道，也不看场合，今天不是你跟小孩玩的日子。又指着大家说，爸，妈，舅，妈，大家吃，吃，吃。

吃了一会儿，新郎新娘和伴郎伴娘起身给来宾敬酒。杜圆圆的客人很有点儿拿她寻开心的意思，每到一桌，都是长时间的起哄，有的说，新娘真漂亮；有的说，男才女貌；有的说，杜圆圆好福气，嫁了一个这么年轻的帅哥；有的干脆开起了黄段子取乐。不知怎么的，何开来和杜圆圆就被一群人推到了表演台上，婚礼主持人拿着话筒高声说，现在请新郎新娘表演一个，好不好？好！好！主持人又说，请问新郎新娘，你们想表演什么？不等新郎新娘回答，来宾们齐声吆喝，《天仙配》。何开来好像被搞晕了，站在台上，一脸的傻相，杜圆圆却很镇定，半羞半恼地扫了何开来一眼，抢过话筒，索性自己主持了。杜圆圆说，各位亲朋好友，承蒙关爱，下面我和新郎就为大家献丑了。

杜圆圆这么镇定，倒是让我暗暗佩服。

伴奏响起，杜圆圆吹吹话筒，滚动脖子开始唱：树上的鸟儿成双对。我一听，我的佩服就变成了另一种东西，我全身的鸡皮疙瘩起来了，她根本不是在唱歌，而是在哭丧。何开来大概从未听过她唱歌，明显是被她的声音吓着了，本能地用一只手捂住了耳朵。杜圆圆唱完了一句，何开来还是一只手捂着耳朵，没有接着唱。杜圆圆说，你干什么，唱啊。何开来望了一眼台下，又望了望杜圆圆，求饶说，我牙疼，还是别唱了吧。杜圆圆说，唱，都是亲朋好友，怕什么。

何开来只好表示不怕，硬着头皮跟杜圆圆合唱《天仙配》。我都有点儿同情他了，看来傍富婆也不是那么容易的。我想，如果这时李少白出现在他面前，他是否会扔了话筒，牵过她的手私奔呢？后来，我一直在想这个问题，虽然结论是不可能的，但我愿意这样想，这是我希望看到的结局，若是这样，我还是很为何开来感到自豪的。

何开来和杜圆圆唱完《天仙配》，又有人欢呼，要求再来一个。这时，母亲看着台上突然咳嗽起来，而且越咳越凶，把台上的杜圆圆也惊动了。杜圆圆赶下来，母亲已经咳得满眼是泪，上气不接下气地说，不行了，我先回去。

这样，我扶着母亲终于提前退场了。路上，母亲喘着大气说，我不是想咳嗽，我是想哭。

第五章

婚后，何开来好像就没回过家，他大概是不想见我们了吧，因为我和母亲都反对他的婚姻。反而是杜圆圆，总是定期前来探望母亲，每次来，还不忘带点儿什么东西，比如一盒蛋糕或者一篮水果。她这样做，还是有效果的，母亲慢慢也就认她这个媳妇了，起码是见面不会引起生理性的反感了。

她很喜欢说话，几乎可以用聒噪这个词。在我家，都是她一个人在说，说她和何开来如何如何。他们婚后的生活比我想象的要好，至少杜圆圆嘴里说出来的是这样。在杜圆圆嘴里，何开来好像变成了另一个人，他很恋家，很喜欢小孩，待方方很好，就跟亲生的一样，他不想再要自己的孩子。他们学西方人分床睡觉，这点，杜圆圆虽然有些不满，但也觉着对他们是合适的。两人一同睡觉一同起床，也是不现实的。她白天很忙，而何开来是在白天睡觉，白天他们很少见面，一般要到晚饭时间才见面，饭后，她看电视，何开来和方方一起跟小狗玩。等大家都睡了，何开来上书房开始工作，他要写一部《中国人史纲》。他是用电脑写的。电脑那东西，她不懂，碰也不敢碰，听说那东西还可以上网，在网上可以跟全世界的人聊天。也不知道何开来用电脑是怎么写的，只见他在电脑前敲来敲去，字就出来了。他很少上班，并且准备辞掉电视台的工作，专门写书。反正这个家也不靠他赚钱，杜圆圆说，他在家安心写书，她是很支持的。

杜圆圆说起何开来写书，不仅仅是支持，口气是自豪的、很有几分崇拜的，尽管我不太相信他会写《中国人史纲》，但也没理由不为他高兴。他和杜圆圆一结婚，就由一个游手好闲之徒变成了一个历史学家，多好啊。

那段时间，家里只剩了母亲和我，杜圆圆若是不来串串门，真还有些凄凉。杜圆圆觉着我们没必要住在这儿，建议我们也搬去跟她一起住，她那儿好几间房空着，正需要有人住呢。她住在怡家花园，一幢三层的小别墅，那是箫市的富人区，住在里边自然舒服得多，可杜圆圆再怎么拿我们当亲人，我们也没脸面跟着何开来住到她家去，那算什么呢？

杜圆圆不明白我们为什么不跟她一起住。杜圆圆说，我家又有保姆，你们可以什么都不用干，真很方便的。

母亲说，我住这儿几十年了，习惯了，还是住这儿踏实。

母亲虽然谢绝了杜圆圆，但还是有点儿感激的，母亲正在改变对她的印象，有一次，母亲甚至说，没准，何开来找杜圆圆也是对的。想起何开来，母亲又非常失望，他竟然连家也不回，真的还没有人家杜圆圆好。母亲连带又想起何雨来，何雨来在戒毒所已经有一年多，现在，快要回来了。

母亲说，何雨来快回来了。

我说，嗯。

母亲说，她回来会怎样？

我说，不知道。

她还能怎样，我听说过，吸毒是戒不了的。说真的，我有点儿害怕她回来，我害怕和一个吸毒的人住在一起，好像吸毒是种传染病，也会传染给我。母亲则多少还抱点儿希望，她不是把戒毒所理解成一所监狱，而是一所学校，也许何雨来从里面出来就获得了新生呢。

释放那天，是我和母亲一起去接的，在戒毒所门口，所有吸毒的人见了亲人都立刻大哭起来，何雨来也扑到母亲身上装模作样地哭了一通。很快我就发现，这是一场表演，他们不是哭给亲人看的，而是哭给看管人员看的，大概这是戒毒所的最后一课，表示痛悔，表示与过去诀别，表示戒毒成功。虽是表演，效果也是有的，许多亲人却是真的哭了，比如我的母亲。何雨来抹抹眼泪，问，哥怎么没来接我？母亲哽咽说，不在家。何雨来说，去哪儿了？母亲说，去结婚了。何雨来说，什么叫去结婚？母亲觉着是说错了，但想一想，又觉着也没错，解释道，是去结婚，就是去女方家里结婚。何雨来说，哇，哥倒插门，哥为什么要倒插门？这个问题不好回答，母亲就没回答。何雨来又问，哥跟谁结婚？母亲说，杜圆圆，你不认识。

何雨来立即要求去看杜圆圆，这是她释放后的第一个要求，我们无法拒绝，只好带她先去蛋糕房。没想到她一见杜圆圆又大哭起来，好像是要把戒毒所门口的情景重演一遍。杜圆圆早就知道何开来还有个吸毒的妹妹，杜圆圆看着她哭，不知道怎么办。何雨来哭完，又嬉笑起来，问杜圆圆，你就是我嫂子？杜圆圆说，嗯。何雨来说，你不是我嫂子。杜圆圆说，我是。何雨来噘了嘴，不屑地道，你不是，你怎么可能是我嫂子？杜圆圆的脸就挂不住了。我母亲赶紧说，你别跟她计较，她从小就不学好。何雨来又朝母亲噘嘴，一副她才不屑跟谁计较的样子，接着，她一跳一跳地从蛋糕房跳到了街上。

母亲又给杜圆圆赔了几个不是，才拖了我追到大街上。何雨来站在离蛋糕房一百米远的地方等我们。母亲本来是想骂她几句的，但一想我们初次见杜圆圆，也是差不多的感觉，也就不骂了，她甚至还对何雨来笑了一下。何雨来受到鼓励，又大叫着说，哥怎么会找这种人？哥住哪儿？我去找他。何雨来这样说时，突然变得神气十足，好像她对何开来负有莫大的责任，只要她找他一说，何开来就会休了杜圆圆似的。母亲说，就你多事，先给我回家。何雨来说，不，我要去找哥，他住哪儿？母亲说，他住怡家花园 13 号，要去你自己去。

何雨来就一个人去了何开来那儿，她大概被杜圆圆的别墅镇住了，回来再也不提何开来找杜圆圆有什么不妥，只是连连感叹哥住的房子怎么漂亮。那口气不仅仅是羡慕，她一定在后悔，后悔不该一见杜圆圆就那么不恭，那可是个有钱的嫂子呢。

此后，何雨来就天天去何开来那儿，看来她是想把怡家花园13号当作自己的家了。我不知道她和杜圆圆是怎样和好的、杜圆圆是怎样接受她的，后来我才知道，杜圆圆根本就不接受她，她只是凭着何开来也住在那儿，才在杜圆圆的家里肆无忌惮地出入，好像这家的主人不是杜圆圆，而是她何雨来。见了杜圆圆，她也不打招呼，只管围着何开来说东说西，有些话，在杜圆圆听来，不应该是何开来和何雨来之间可以说的，她甚至怀疑他们的兄妹关系有点儿不正常。何雨来，不太像一个妹妹，而是像一个不知羞耻的第三者，蛮横地插在他们中间。杜圆圆终于忍无可忍，坚决不许她进门。为这个，何开来还跟她吵了一架，但那个家，毕竟是杜圆圆说了算，何开来也没有办法。

不久，何开来回了一趟家，他的变化让我吃惊，他变胖了，胖了好大的一圈。他大概也觉着原来的自己和杜圆圆实在不般配，所以先在形体方面拼命地追赶，现在，他们站在一起，是有点儿夫妻相了。他的眼睛眯起来了，原先的大眼睛不见了，眼里的那点无辜的无所谓的神气也不见了，他眯起来的眼睛里面什么也没有。

我说，哥，你怎么胖成这样？

何开来很陌生地看看我，又很陌生地看看自己，解嘲说，我有那么胖吗？

我说，没有，跟杜圆圆比还差一点儿。

何开来瞟我一眼，就不理我了，转而问母亲，何雨来呢？

母亲说，她不是天天在你那儿玩。

何开来说，没有，她又开始吸毒了。

她又吸毒了？她又吸毒了？母亲瞪着何开来，眼睛突然变成了可怕的三角形，嘶声道，她怎么又吸毒了？她不是天天跟你玩，你怎么不管住她？

何开来好像没想过母亲会这般愤怒，否则他一定不会来说了，不过，他还算蛮有耐心地等母亲骂完才走的，好像他把何雨来吸毒的消息告诉我们，已经尽到了责任，其余的跟他就没有关系了。

何雨来回来，一见母亲的眼神，就知道她的事情败露了。何雨来干笑说，这、这、这样看我干吗？母亲只是看着何雨来，什么也没说，慢慢地母亲的眼神从愤怒变成了完全沉默的悲伤。

既然没有挨骂，何雨来也就觉着事情并不那么严重。她大概刚吸过毒，还相当亢奋，母亲沉默的愤怒对她不起任何作用。为了躲开母亲，她煞有介事地把我拉进了她的房间。

姐啊。何雨来叫道。

我说，什么事？

何雨来想想没事，又叫，姐啊。

我说，神经。

何雨来又亲热地说，姐啊，你没吸过那东西，太可惜了，那种感觉真好，想什么就是什么，想要什么就有什么。

我说，那种感觉还是你自己享受吧，不过，我可以问你一个问题不？

何雨来说，什么问题？

我说，你吸毒的钱哪儿来？

何雨来的脸马上一横，说，哼，要你管？反正我又不是偷你的抢你的。

我真还没想过我要管她。

就从这天开始，何雨来差不多成了我们家的局外人，母亲也不再管她，甚至连话也不跟她说。对此，何雨来好像很不在乎，也许她还觉着这样最好，反正对她来说，这个家也不过就是个睡觉的地方，而且她也不经常在家睡。

也许，母亲不该把何雨来吸毒看得那么严重，不该那么生气，她那么生气的结果，就是把自己气死。我这样说，也有可能对何雨来不太公正，母亲的死亡，也许是一件自然的事情，并不是她气死的。但是，母亲确实是在知道她复吸之后不久病倒的。母亲表情淡漠，食欲不振，时常咳嗽，呼吸也有点儿困难，起初我不知道是病了，我以为她是让何雨来给气的，直至母亲卧床不起，我送她上医院，医生诊断是肺炎。肺炎是春天的常见病，医生也不怎么当回事，开了点儿药，并嘱咐母亲平时多运动运动，就把我们打发了。

也许只有母亲自己有预感她的大限将至。在她生命的最后那一小段时间，每天都要我陪她去河边散步。本来一起散步也是挺好的，可母亲变得非常唠叨，她唯一关心的就是我的所谓终身大事，她要我抓紧找一个男人，好像没有一个男人，我就活不下去似的。她一边咳嗽一边不停地重复，这是终身大事，你不要不当回事，你现在找，还来得及，再过几年，你就过气了，女人可是越活越不值钱的。我走在母亲边上，听着她没完没了的唠叨，有时真是心烦意乱，想扔下她逃走。趁着她咳嗽，来不及说，我不自觉地就会加快步子，一个人远远地朝前走，直到母亲在后面叫唤，呼吸沉重地追上来，我才不得不停下来等她。这时，母亲也觉着自己过分唠叨了，总是很委屈地望着我，几乎是求我说，燕来，你不要跑，既然你不喜欢听，我不说就是了。然后我们又并排缓慢地走着，我刚刚松一口气，可是，母亲又开口了，燕来，你应该抓紧找一个男人，这可是终身大事……

我没想母亲会这么快过世，简直是一点儿兆头也没有。那天，我下班回来，照例叫了一声妈，没有人应。我推开母亲的房门，母亲睡在床上，我又叫了一声妈。见没有动静，我上前摸了摸母亲的额头，随即缩回了手，并且打了一个冷战。母亲的额头冷得让我的手掌也冻着了，我这才有种不祥之感，凑上去闻母亲的鼻息。我闻了好几分钟，又摸遍了母亲的全身，母亲什么声息也没有，确实是过世了。

我呆呆地立在床前，脑子先是一片空无，慢慢地才出现母亲和我在河边散步的情景，看上去，我待母亲还算可以，可是，我和母亲又是多么隔膜，我想起她的唠叨和我的不耐烦，心里塞满了自责。我真不该那样对待母亲，我怎么就一点儿也没意识到那是她永别前放不下的牵挂，现在，我再怎么想听她的唠叨，她也不会开口了啊。

我伏在母亲身上哭了一回，才想起给何开来打电话。大约一个小时后，何开来赶来了，后面还跟着何雨来。何开来随便看了看躺在床上的母亲，又看了看我，问我说，不是一直好好的，怎么就死了？何雨来也跟着说，是啊，妈昨天还好好的。他们的意思好像母亲不是自己死的，而是我谋杀的。何开来又问，妈什么时间死的？我说，不知道。何开来说，你怎么不知道？我听着何开来责问的口气，精神突然就崩溃了，我哭着说，何开来，你问问你自己，你关心过妈没有？我下班回来，她就这样了，你去问妈，她是什么时间死的？何开来大概也不敢在刚死的母亲面前跟我吵架，他只是白我一眼，也就不作声了。

何雨来又想说什么，何开来把她阻止了，我们到底是沉默了下来，自动排成一排，肃立在母亲面前，做默哀状。当我抬头的时候，我还看见何开来和何雨来的眼里分别噙着半滴眼泪。不过，我还是为母亲悲哀，她生了我、何开来、何雨来，可她生了我们有什么用，她是一个人死去的，我们连她的确切死亡时间都不知道。

母亲死后，何雨来终于获得了完全的自由，她一定很高兴母亲这么突然死亡。原来她最不喜欢待的地方就是这个家，而现在，她把这套房子当作自己的家了，她待在家里的时间最多。她把她的狐朋狗友全都吆喝到了家里，没几天，她就把家变成了一个他们淫乱、吸毒的场所。

我几乎无法在家里再待下去，我若待在家里，就必须面对何雨来和她的狐朋狗友。她吸毒，对我还没有直接影响，但她的淫乱，让我无法忍受。她好像一天到晚都在想着下半身那点儿事，没有男人，对她来说是不可想象的。后来我才知道，她的淫乱，也不单是身体需要，同时她也在卖身。她吸毒的钱相当一部分就是靠卖身赚的。他们一般先用电话联络，而后在河边碰头，谈妥价钱，然后再回家来完成交易。作为一个妓女，何雨来应该是个好妓女，因为她对性确实爱好，她的身体也与众不同，极为敏感，男人只要随便一碰，她就会兴奋得乱喊乱叫。何雨来在和男人上床的时候，身体之外的世界对于她是不存在的，她叫床的声音急促、放肆、淫荡，好像是快活得不得了，又好像是痛苦得马上要死了。这声音不仅我在房间里可以听见，隔壁邻居应该也可以听见，甚至站在屋外也可以听见。我们的屋子又在一层，何雨来的窗下有时就会聚着一群听众。有一次，我跑出门来，刚好跟他们就撞了个正着，他们当中有我认识的，也有不认识的，有老人，有小孩，也有年轻的，并且还有女人。老人、小孩和女人都有羞耻之心，一见我就躲了，可是年轻的男人不但不躲，见了我眼睛都在流水，很有扑上来的意思，好像在里面发出那种声音的人就是我。

你能想象我的愤怒吗？当时，我又跑回屋里，我用了最大的力气把门甩上，让门撞出一声剧烈的响声，接着我又去踢何雨来的房门，我总算把她的叫床声变成了咒骂声。

你要死啊！何雨来骂道。

我说，何雨来，你再敢当着我这样不要脸地乱叫，我一把火把屋子给烧了。

何雨来噗的一声，带着笑声说，我哪儿当着你乱叫啦，我是在我自己的房间里叫。

我说，外面一大群人在听你叫，你不要脸，我还要脸呢。

何雨来说，我舒服，我不能不叫，他们真不要脸，偷听我叫床，还有你，也不要脸。

一会儿，房门开了，何雨来只穿着条裤衩，裸着上身出现在房门口，见我还站在门外，她回头朝里边的男人说，你快来看看，我们长得像不像。

男人随即就站在了她背后，也裸着上身，点头说，像，很像。

她是我姐，我们是双胞胎，但你可不能碰她，她还是个处女。何雨来说着就心怀叵测地嬉笑起来，男人也跟着嬉笑起来。

这样的场面，最终溃败的自然是我，一个人如果已经像何雨来那样，拿她真还没有办法。有几次，我手按着电话键，差点儿就想报警了，我若告发她吸毒，她又得进强制戒毒所，这样，家里是安静了。但我们是双胞胎啊，我还是不敢下这个手。

可我们怎么还是双胞胎呢？我只有把家让给她。我很早出门，很晚回家，我的时间大部分在学校度过，我试图把自己变成一个工作狂。实在无聊了，我就逛街，尤其是夜间，我在街上毫无目的地逛来逛去，我把箫市的大街全逛遍了，但是，在街上其实比一个人独处更孤独。大概就是因为在街上有种孤魂野鬼之感，我也想有个男人了。特别是逛到河边的时候，我不觉又会想起母亲生前的唠叨：你应该抓紧找个男人，这可是终身大事。也许母亲是对的，有个男人，我就不至于这么孤单了吧，就算何雨来占领了我的地盘，我无家可归，他总可以陪我逛逛街。一个人逛街和两个人逛街，感觉应该是不太一样的。

可是，找个男人容易吗？若是那么容易，我早该有个男人了。仔细想想，我又并不想找个男人，我的这种情绪都是逛街逛出来的，我不能老在街上逛，我必须有一小块属于我自己的地方。我决定到外面租个地方，搬出去住。

结果我也没想过，我是搬到了杜圆圆那儿。就在我四处找房子的那几天，我们在街上碰见了。杜圆圆说，你干吗？

我说，我找房子。

杜圆圆说，你找房子干吗？

我说，我不能跟何雨来一起住，我快被她逼疯了。

杜圆圆说，对，对。你不能跟何雨来一起住，你怎么能跟她一起住，你不用找房子，你搬我那儿住，咳，你早就该搬到我那儿了。

我说，我搬到你那儿？

杜圆圆说，咳咳，你怎么跟我还那么生分，我不是早就叫你搬过来了，你是不是不想跟我一起住，你讨厌我？

我说，不是，不是的。

杜圆圆说，那好，那就这么定了，我马上陪你去搬东西。

我还来不及想我是否真的搬去跟她住，杜圆圆已经把我塞进了她的车。车是她自己开的，她坐在驾驶座上明显过于拥挤，手脚都不太自如。我坐她车上还不习惯，我没话找话说，你还会开车啊。杜圆圆说，我也刚学不久，自己开车方便多了，你也应该学会开车，我叫何开来学，他不学，他对开车没兴趣。我说，他对什么都不是很有兴趣的。杜圆圆说，他就喜欢待在电脑前面。我说，哦。杜圆圆看了我一眼，忽然很有意思地笑起来，我不知道她笑什么，我以为她要说何开来的什么事，但她说的却是：燕来，你愿意来我家住，我真是很高兴。杜圆圆的话让我有点儿想哭，刚才，我还到处找房子，像一条丧家的野狗，突然，我就碰上她了，她这么欢迎我，我真是感动。我说，你干吗对我那么好？杜圆圆说，应该的。我说，可是，家里凭空多了一个人，你不烦？杜圆圆说，哪里话，你来，我们正好可以说说话，我在家里没人说话，何开来不怎么跟我说话的。我说，他就那样，他在家里跟我们也是不怎么说话的。

到了河边，刚要下车，杜圆圆疑虑了一下，问，何雨来在家吗？

我说，大概在家。

杜圆圆说，那我不进去了，我不想见她。

我说，好的。

杜圆圆说，我就在这儿等你。

我又说，好的。

我收拾衣物时，何雨来鬼魂似的靠在了我的房门口，她的脑袋歪在门框上，嘴巴蠕动着，好像在嗑瓜子。我没理她，我甚至觉着她比陌生人更陌生。

何雨来还是忍不住了，问，姐，你在干吗？

我说，搬家。

何雨来说，搬家？你搬哪儿去？

我不愿告诉她我搬哪儿去，我说，不用你管。

何雨来说，哇，你肯定是有男朋友了，你要搬去跟人家同居。

我说，放屁。

何雨来说，那你搬家干什么？

我正眼看了看她，说，你想知道我为什么搬家？

何雨来说，为什么？

我说，告诉你吧，我就是不想跟你一起住，我受不了你了，以后这家就你一个人，你更自由了，你好自为之。

何雨来意外地没跟我吵架，脑袋依旧歪在门框上，但脸上的表情严肃起来了，似乎在想着什么。

见我收拾得差不多了，何雨来又说，姐，你真是因为我搬走的？

我说，是的。

何雨来说，你别搬走，我不想你搬走。

我说，这不是你的真心话吧。

何雨来说，是的，是的，你不要搬走，都是我不好，以后你在家，我再也不让男人进门，行不?

何雨来几乎是在求我了，但她求我的理由又是那么可笑，我奇怪地看看她，说，不。

我出门的时候，何雨来很沮丧地跟在了后面，看样子，她确实不想我搬走。当她看见杜圆圆和她的车，大概明白了我要搬到哪儿，我听见她在背后极为鄙夷地哼哼了两声，立刻就掉头回去了。好像我搬到杜圆圆那儿，是最不要脸的一件事情。

杜圆圆站在车旁，看着何雨来，大概觉着我被她侮辱了，安慰我说，怎么是这个样子？你不要理她。

被何雨来这么一哼哼，我也想我搬到杜圆圆那儿住是否有些不妥。我倒不在意和杜圆圆一起住，但我又得和何开来一起住，真还有些无趣。他一定以为我是托他的福，也来住他的别墅了，事实上，好像也是如此，但我也只有先去了，我不能在这个时候再反悔。

杜圆圆一路上都很开心，好像我是她路上捡来的一件宝贝，得赶紧拉回家去供起来。一进门，杜圆圆就朝楼上喊，何开来，何开来。

一会儿，何开来出现在楼梯口，说，什么事？这么高兴。

杜圆圆说，燕来搬来跟我们一起住。

何开来没有表情地俯视着我和杜圆圆，他大概在诊断杜圆圆是否有神经病，就这个事，值得这么高兴吗?

我说，哥，我来这儿住，你很奇怪吧。

何开来说，有点儿。

我说，你不高兴吧。

何开来大概不敢当着杜圆圆的面说难听的话，讪笑说，不，我很高兴，我们何家大小姐莅临，我哪敢不高兴。

第六章

进入这个家，我才知道杜圆圆为什么想我搬来同住，她确实寂寞。方方上小学了，住在箫市最昂贵的寄宿学校，一个月才回家一次。何开来虽然待在家中，但他以著书为由，成功地逃离了家庭，他只是在吃饭时出现一会儿，平时基本上是见不着人的。她若想说话，也只有跟小保姆去说，而她又不愿跟小保姆多说话，觉着说多了有失主人的身份。杜圆圆在家中的乐趣主要是拿着一个算盘算账，算她今天又赚了多少钱。

后来，我还知道他们这对夫妻不只分床睡觉，并且是不做爱的。他们总共只做过两次爱，一次是在刚认识那天，一次是在新婚之夜。这种事，杜圆圆说多少，我听多少，我也不便多问。对此，杜圆圆也认了，她找何开来，好像找的不是一个男人，而是一个知识分子，她要嫁给知识分子。她对何开来写书有种发自内心的敬畏感，何开来坐在书房内，她轻易是不敢进去的，因此，何开来在家里的地位比我想象的要强许多。

其实，何开来在书房内根本不在写作，他究竟都干了些什么，我不甚清楚，大概不是跟小狗玩就是跟文如其在网上打牌，或者就是什么也没干。我这样说，估计并没有冤枉他。那天，我上书房想用一下电脑，何开来不在，电脑是开着的，我打完字，看见文件夹里的《中国人史纲》，顺手就打开看了看，里面只有几行字：

> 中国人的历史是从虚构开始的。盘古说：我开；女娲说：我补；共工说：我撞；神农说：我尝；精卫说：我填；夸父说：我追；后羿说：我射；嫦娥说：没射着！

我正在暗笑，何开来写书，嘀，写了那么久，就这么几行字。这时，何开来进来了，我听见他在背后气急败坏地说，你在干吗？

我回头发觉他异常生气，气得连眼珠也跑走了，眼睛里全是眼白。我说，哥，你这样子好难看，你这么生气干吗？

何开来说，你干吗看我的东西？

我说，哦，你就因为这个生气？我看看你的书有什么关系，又不是情书。

何开来说，哼。

我说，嘀，你的《中国人史纲》写得很好，可惜就是太短了些。

何开来说，少给我贫嘴，我问你，是不是杜圆圆派你来查我电脑的?

我说，杜圆圆派我?她干吗要派我查你电脑，你电脑里有秘密?

何开来说，好了，好了，你快出去，懒得跟你说。

但何开来还是把我当作杜圆圆的特务，大概是防我告密，晚上杜圆圆一回来，他就表情悲壮地宣布他不想写书了。那段对话，想起来我还想笑。

杜圆圆说，为什么不想写了?

何开来说，这种书，我发现已经有人写得很好，不用再写了。

杜圆圆说，是不是有人抢在你前面，把你要写的东西都写了?

何开来说，是。

杜圆圆失望地说，谁这么缺德，那你不是白忙了?

何开来说，是。

杜圆圆安慰说，不写也好。你写书，整天一个人待在书房里也没意思，你不写书，以后就可以多陪陪我们了。

既然何开来不想当历史学家了，那就得多尽点儿做丈夫的义务。这个晚上，何开来的表现相当好，一直温情脉脉，他们大概又做了一次爱。

这回做爱，似乎对她后来的生活影响非常大，就像注射了一剂兴奋剂，杜圆圆身体内部的某些东西被调动起来了。此后几日，她一有空就跟我唠叨她的身体，她说，她本来可是个美女，脸蛋、身材都是很好的。怕我不信，她又拿出十年前的照片让我看，十年前照片上的杜圆圆，长得确实不难看。这让我感到可怕，一个人在时间中怎么就变得这么面目全非呢？杜圆圆说，她的身体是在上一轮婚姻中毁坏的，丈夫有了外遇，她很痛苦，但又没有办法，后来她发现吃东西可以缓解痛苦，就不停地吃东西，凡是可以吃的东西，她都吃了一遍。几个月下来，再到镜子前一照，吓得自己都不敢认了。现在，她有了何开来，她要对何开来好，可她胖成这样，实在有点儿对不起他，她减过一次肥，因为太忙，没能坚持住，她决定再次减肥。

杜圆圆减肥的决心不可谓不大，她是运动、节食、药物、器械一齐上，简直就是对自己身体发动的一场战争。她一天只喝水和吃少量的水果、蔬菜，某某牌减肥胶囊早、晚各服一次，据说可以烧掉体内多余的脂肪。白天照常上班，在三家蛋糕房跑来跑去，既是工作，又可减肥。晚上七点，去附近的瘦身俱乐部接受专家减肥，让工作人员把她绑在器械上折磨一小时，其实，那些器械跟以前的刑具也没什么差别。八点以后，她叫上我一起散步一小时，九点半左右回家，在滴了香薰油的浴缸内泡半小时。这个秘方是一位老中医传授给她的，大约可算最有情调的一种瘦身法了，但不知道效果怎样。

杜圆圆动员何开来也一起减肥，杜圆圆说，你也太胖了，你跟我一起减肥吧。

何开来不屑地说，减肥是你们女人的事，我们男人胖就胖点儿，无所谓。

杜圆圆说，减肥真挺好的，我开始减肥以来，精神就特别好。

何开来说，那是你。

杜圆圆说，你别那么懒，你看看你自己，你再不减肥，就超过我啦。

何开来被逼着，果然看了看自己，但他看自己的眼神很有意思，好像他看的不是自己的身体，而是一具与他无关的别人的身体。何开来说，随他去吧，反正我没兴趣减肥。

杜圆圆说，哼，你这死样，等我减成一个苗条少女，我就不要你了。

何开来看看她，不得不笑了，说，你真有理想。

杜圆圆减肥，确实还是颇有成效的。她特意买了一台电子秤，早上起床称一次，晚上睡前称两次，大概再没有比看见秤盘上的数字更令她兴奋的事情了。哇，又瘦了几两几两啦！杜圆圆蹲在秤上，摇着硕大的屁股。也不管何开来怎么不愿意，她一定会跑进书房，将他拖下来，专门再称一次给他看，邀功说，你看，我又瘦了几两几两啦。何开来当然不看，只是随口乱应，哦，又瘦了几两几两。杜圆圆说，有没有比昨天更漂亮些？何开来说，更漂亮些。杜圆圆瞥一眼何开来，好像不太相信他这么廉价的应和，又走到镜子前，独自再确认一番，最后的结论应该是确实更漂亮些。杜圆圆这才放心地准备睡觉。

这段时间，我想，她应该是幸福的，但照例，幸福总不会长久，总有不幸福的事情突然光临。一天晚上，杜圆圆泡过香薰油浴，刚想称称体重，身上就痒起来了。先是背上一点痒，杜圆圆试图自己解决，将手扭到背部，勉强搔了几下，不料越搔越痒，只好趴在沙发上求我们帮忙。没想到，帮她搔痒随后就成了我们的固定节目。白天她是不痒的，她的痒总在泡完香薰油浴后的几分钟内准时发作，开始是我和保姆轮流帮她搔，搔痒的地点从客厅的沙发搬到了她自己卧室的床上，她把上身的衣服脱光，她觉着隔着衣服搔不过瘾。面对杜圆圆广阔的后背，老实说，我有些头疼，而且刚泡过香薰油浴的后背，十分油腻、燥热，就像一片热气腾腾的沼泽地，我的手指在上面运动，很快就感到酸疼。杜圆圆也从不叫停，她的嘴巴捂在枕头上，一直哼哼唧唧的，好像不舒服，又好像很舒服，慢慢地她就打起呼噜来了。

帮人搔痒实在不是一件令人愉快的事，我觉着这件事应该由何开来来干。杜圆圆是他老婆，他老婆背痒，自然应该由他来搔，况且这么亲近的行为，让别人代劳也不合适。我把我的想法告诉杜圆圆，还特别强调让何开来来搔可以增进夫妻感情。杜圆圆心领神会地看看我，说，对，对，以后就由他来干。

何开来帮她搔了两个晚上的背，第三个晚上就躲到酒吧里喝酒去了。不知为什么，杜圆圆也不好意思再叫我们帮她搔，她上街买了一把竹制的痒痒挠，自己搔。但自己搔痒，她又委屈、生气，当然，不是生我和保姆的气，是生何开来的气。杜圆圆觉着，我为你减肥，你连痒也不帮我搔，也太那个了。杜圆圆就有点儿怨妇的样子，大概是那种痒感使她不能自持。她不能一个人在卧室里给自己搔痒，她故意跑进书房，站在何开来背后搔痒，并且嘴里念念着：痒，痒，痒死了。这种表演对别人或许有用，但对何开来没用，何开来只是看着她搔痒。

何开来说，你应该停止减肥了。

杜圆圆说，为什么？

何开来说，我觉得你的背痒和减肥有关。

杜圆圆说，和减肥有关？

何开来说，你不信？

杜圆圆说，那我还不是为了你。

何开来说，为我？

杜圆圆说，当然，我减肥，减瘦了让你喜欢啊。

何开来说，不必了，如果为我，就不必了。

杜圆圆说，你不想我变漂亮点儿？

何开来说，就那样了，再怎么减，也就那样。

这话大概很让杜圆圆受伤，一气之下，她真的就放弃了减肥。除了一项香薰油浴，瘦身俱乐部不去了，减肥胶囊也停服了，还猛吃各种东西，好像要把前段时间不敢吃的东西，统统吃回来。她的体重在迅速回升。她还每天给自己称重，奇怪的是，她对每天都在增加的肉不仅不怕，反而很是幸灾乐祸，哈，我又重了几两几两啦。然后把重了几两几两再报一遍给何开来听，好像她身上每增加的一两肉，都是对他的惩罚。

杜圆圆也太不了解何开来了，她想以作践自己的身体来惩罚他，这是不可能的，我敢肯定，何开来从来就不在乎她的身体，况且，他还说过胖是大俗大雅呢。

不过，何开来还是对的，她的背痒确实和减肥有关，停止了减肥，果然就不痒了。但停止减肥，好像又使她丧失了生活目标，杜圆圆变得有点儿无聊。

一个晚上，客厅里来了一只苍蝇，杜圆圆拎了苍蝇拍子，结果苍蝇让保姆用手拍死了。杜圆圆很不满意，索性开亮客厅所有的灯，打开纱窗，故意吸引苍蝇进来。这是富人区，苍蝇不多，但也有若干只应邀而来，在客厅里嗡嗡乱飞着。杜圆圆关了门窗，挥着苍蝇拍，兴奋得似乎在准备打一场世界大战。可她在苍蝇面前，又显得很蠢，连一只苍蝇也难以对付。她跟着苍蝇乱跑，跑动起来，全身的肉也在身上乱跑，待她好不容易抖着拍子准备下手时，苍蝇又早隐身了。有时，苍蝇还有意逗她玩似的，嗡的一声刚好撞到了她脸上，撞得她只是乱舞拍子，随时要摔倒的样子。我和保姆见她这么狼狈，不得不笑出声来。我们说，要不要帮忙？杜圆圆挥挥拍子说，不要，我在锻炼身体呢，我不能马上打死它们。她额上的汗都出来了，她确实是在锻炼身体。但她还是打死了一只，她居然不嫌脏，提着打烂了的苍蝇尸体，来我们跟前炫耀，好像她打死的不是一只苍蝇，而是一只老虎。

如果她就这样每天打苍蝇，也罢了，糟糕的是，她把剩余的精力转移到了我身上，她开始来关心我的婚事。就像母亲生前的唠叨，她也要我抓紧找个男人，但她又觉着像我这么封闭的人，自己是找不到男人的，她有义务帮我好好找个男人。一说起我的婚事，她似乎又重新找到了一个兴奋点，她的手、脚以及脸上的皮肉都在动，那样子，我怎么说呢？反正是帮的人比被帮的人急切，不太像是我要抓紧嫁人，而是她要抓紧嫁人。我说，我住你家，你是不是嫌烦了，想早点儿赶我走？杜圆圆狠狠拍我一巴掌，说，你这没良心的，我是想你早点儿嫁人，难道你一辈子不嫁人？我才不让你走呢，等找到男人，你就在这儿结婚，我们还住一起。

杜圆圆准备为我找的男人，要像何开来那样，首先必须是一个知识分子。幸好她不认识几个知识分子，她也只能嘴上急切而已。

九月的一个周末，杜圆圆神色诡异地告诉我说，走，我们出去玩。

我说，去哪儿？

杜圆圆说，鹿岛。

我说，鹿岛，干吗去鹿岛？

就去鹿岛。你、我、何开来，还有……杜圆圆刻意停顿了一下，笑眯眯说，还有文如其，我们去度假。

我没去过鹿岛，但我知道鹿岛在东海上，那儿有海水、沙滩、怪石，还有无数的贝类。从箫市码头乘快艇大约一小时的路程。不久，我们就在快艇上了，快艇贴着水面，好像在飞，我是头一次乘这么快的船，很有些刺激。船到鹿岛时，我格外高兴，我好像从来都没有这么高兴过。

旅馆就在沙滩后面，从房间里趿着拖鞋就到了沙滩。那天天气也不错，午后的阳光落在沙滩和海面上，有些耀眼。虽然是九月了，而海水还很温暖，有种亲人的感觉。我感到大海在强烈地吸引我，很快我就泡在了海水里。

我游了一圈后，杜圆圆、何开来、文如其才从沙滩后面出来，杜圆圆走路摇摇摆摆的，大老远地就叫，何燕来，何燕来。我应了一声，并且招了招手，表示我所在的位置。不多一会儿，杜圆圆游到了我身边，因为体积大，比重又轻，她一动不动轻易就浮在了水面上，我拿手使劲摁了摁，都摁不下去。

捣乱。杜圆圆说。

我说，呵呵呵。

杜圆圆说，我看你今天心情很好。

我说，是的。

杜圆圆仔细地瞄了瞄我，好像在确认我的心情确实很好，又移动脑袋神秘地睃巡了一遍四周。我们周围除了蓝色的海水，其实什么也没有，何开来和文如其在二百米外的地方，更远的地方零零散散还有几个别的人。

杜圆圆确信没人可以听见我们的谈话，才说，今天我的心情也很好。

我说，好啊。

杜圆圆说，我还有个秘密。

我等着她说，但她又不说了，而且还害起羞来。我说，说呀。

杜圆圆眯了眼说，我跟你哥就是在这儿认识的。

我说，好啊，原来你是来重温旧梦，怪不得你要来鹿岛。

杜圆圆说，今天我们不是来重温旧梦，我们是专门为你来的。

我说，为我来？

杜圆圆说，是啊。

我说，为什么是为我来？

杜圆圆说，不懂了吧，为你介绍对象呀。

我说，对象呢？

杜圆圆比了比那边的文如其，不是在那儿。

文如其？他就是你给我介绍的对象？我突然就大笑起来。

杜圆圆制止说，别笑，别笑，他们都看你笑了。

我把脸埋进水里，再抬起来，才止住笑，我说，嫂子，你没吃错药？

杜圆圆说，死丫头，你不满意？我看文如其人很好，很适合你，这可是我和你哥商量好的，我管你，他管文如其。

我说，文如其，我们早认识，用得着你们来介绍？

杜圆圆说，用得着，我们不介绍，你们没这根筋。

我说，好吧，反正我今天高兴，你随便介绍什么对象，我都要了。

杜圆圆说，正经点儿，鹿岛是个有缘之地，我相信你们会成的。

我还真没想过他们是为我介绍对象来鹿岛的，而这个对象居然就是文如其。我和文如其，本来可以很随便，但经他们这么一闹，好像就不该那么随便了。现在，他不只是我认识的一个男人，而是杜圆圆和何开来为我介绍的对象。我心里在不停地发笑，可奇怪得很，我和文如其果然就有距离了。后来，坐在沙滩上，我们四人自动分成了两小堆，何开来和文如其一堆，我和杜圆圆一堆，中间至少隔着两米的距离。他们在穷聊天，我和杜圆圆在互相干瞪眼，那样子像是两个有企图的女人在窥视两个男人的世界。

他们在谈世界末日。

文如其说，我又想起世界末日了。

何开来说，这样躺着蛮好，还是什么都别想吧。

文如其说，应该想想。在末日到来之前，你想干点儿什么？

何开来说，我什么都不想干，就这样躺着。

文如其说，我也什么都不想干，但就这样躺着，我恐怕不行，我还得喝点儿酒。

何开来说，其实，末日挺有意思的，能够成为末代人类也是不容易的，但诺查丹玛斯的末日不够有意思，我们唐朝李淳风的《推背图》里的末日才有意思。

文如其说，《推背图》是怎么说的？

何开来说，禽兽皆著衣，人皆裸体奔驰于天下。

文如其说，哈哈，那么现在就是末日了。

何开来说，离末日还差一点，我们还穿着裤衩。

他们笑了几声，突然就没话了，何开来闭了眼睛在晒太阳，文如其大概还想说话，但何开来没话，他也只得闭嘴。他坐了起来，翘着下巴，煞有介事地注视着天空，好像他脑袋里面有很重要的事情需要跟上天沟通一下。何开来想必也把我介绍给他了，估计他也在想这个事吧。我觉着好笑，莫名地又有些紧张，我想离他远些，就一个人躲进了海里。

文如其大概也很为难，不约我一次，在何开来面前也说不过去。夜里，在我快要睡觉的时候，他来敲门了，站在门口一本正经地说，外面很好，我们出去走走。我想，我们都是在完成任务，我也就很配合地跟着走了。

海滩的夜色，确实很好。像上帝刚造完人后做的一个梦，平静，充盈，满足。风是柔软的、凉爽的，月亮悬在不远处大海的上面，将一道道细小的波浪照白，海滩上空旷无人，时间似乎退回到了很久以前。我站在水中，等待着波浪过来哗的一声碎在我的脚下。

人置身于这样的空间之中，大概很容易动情。

何燕来。文如其在我身边叫了一声。

我说，嗯。

文如其停了停，说，我不知道他们叫我来鹿岛是为我介绍对象来的。

我说，我也不知道，他们开玩笑，不用当真。

文如其说，不，我想过了，我发现我确实喜欢你，只是我们原来太熟了，太熟了容易忽略，而且，而且也有障碍，要不是他们点破，我还真不知道怎样开始……

我惊惶地抬头望他，他站在月光的正面，月光照着他的瘦脸，看上去非常认真。忽然，他伸过一只手来，把我的一只手抓在了他的手中，并且试探性地捏了捏。不知怎么的，我没有表示不妥，过了一会儿，倒是他感到不妥了，起码他不知道该拿我的手怎么办，他严肃地看了看我，慢慢就放手了。

我是否也有点儿喜欢他？

第二天一早，我上海滩散步，文如其已经立在海滩边缘，面朝大海，似乎在发呆。我正考虑是否该跟他打个招呼，他背后好像长了眼睛，看见我了，随即朝我走了过来。

我正想找你。文如其急急忙忙说。

哦。我说。

但他突然哽住了，好像有什么重要的话堵在喉咙里面，吐不出来，很痛苦的样子。

我说，怎么了？

文如其喉咙滚动几下，又咳了一声，说，我一夜没睡。

我说，哦。

文如其说，我想了一夜，你是个好姑娘，我真的喜欢，但是，我想，我不合适，我、我，还有你哥，我们不过是废物。我会害了你的。

我说，哦。

文如其说，我们就当什么都没发生吧。

我说，本来就什么都没发生。

文如其说，可是，昨晚我拉了你的手。

我说，没事，不就拉了一下手。

文如其感激地看看我，转身走了，没走几步，就开始奔跑起来，好像他不快跑，我会追上去抓他似的。我掉了个头，刚好看见太阳从大海的深处升起，不知为什么，我的眼泪竟流了下来，大概是阳光刺眼吧。

虽然什么也没发生，我还是有点儿被抛弃的感觉。不过，这事对文如其的影响可能更大，从鹿岛回来后，他再也不敢来杜圆圆家，弄得何开来想见他，也只好到外面去，很不方便。当然，最生气的人还是杜圆圆，好像文如其拒绝的人不是我，而是她。很久以后，想起文如其，她还愤愤不平，哼，文如其，什么东西？也许，她也不是真的生气，她只是觉着有义务帮我骂骂而已，因为此后，我就完全谢绝了谁帮我介绍对象这种事。

第七章

何雨来又怀孕了。她怀孕不奇怪，她经常怀孕，奇怪的是，这回她要把孩子生下来。

我是在超市门口碰见的，她腆着一个大肚子，已经有五六个月的光景，脸是浮肿的，整个人像刚充了气，膨胀得厉害。她低头小心看着手中提的一大包东西，走路有点儿吃力。开始我竟没认出她来，只觉着好面熟，等想起她就是何雨来，我才追过去叫她。她一回头，见是我，浮肿的脸上立即显得惊慌，但转眼又变得傲慢起来，中间一点儿过渡也没有。她理也不理我，回头自己走了。我想，她还在鄙夷我搬到杜圆圆家住，我也就没有再追。

回来，我告诉何开来，何雨来怀孕了。

何开来说，这有什么好说的。

我说，她肚子很大了，起码有五六个月了，看样子她是要生下来。

何开来说，怎么不流掉？

是啊，怎么不流掉？我这才想起我们很久不见何雨来了，也许她已结婚，至少也有了一个固定男人，她不再荒唐，她准备做母亲了。她很生我的气，大概也生何开来的气，所以就不跟我们说。

我说，她是不是结婚了？是不是还住在家里？你打个电话问问。

她还住在家里。听是何开来的声音，她说，是不是何燕来告诉你了？

何开来说，是的。

何雨来说，不要脸，多管闲事。

何开来说，生那么大气干吗？我回来看看你。

何雨来说，谁要你看？你不用来。

何雨来的德行，我们清楚，没必要跟她较真的。我也跟着去了，意外的是，她把家装修了一遍，可以说面目一新了，墙壁重新粉刷过，水泥地面铺了地板，三间房——一间卧室，一间客厅，一间则改成了卫生间。床、桌子、衣柜、茶几、沙发、电视、冰箱、洗衣机也换了新的，我们原来的东西可能被她扔了吧。看着这等巨变，我更断定她是结婚了，但屋里并没有男人。何雨来为我们开门后，就一个人坐着看电视，也不搭理我们。

我还是禁不住问了，我说，雨来，你结婚了？

何雨来睨我一眼，但还是开口了，慢吞吞说，没有。

我说，你是在准备生孩子吧。

何雨来说，是啊。

我说，你没结婚，生什么孩子？

何雨来说，谁说我没结婚就不能生孩子。

何开来在一旁笑了，说，没结婚也可以生孩子。

何雨来也笑了，说，哥，还是你好，你理解我。

何开来说，你男朋友呢？

何雨来说，男朋友？没有男朋友。

何开来说，那你肚子里是谁的孩子？

何雨来说，谁的？当然是我的。

何开来说，我问孩子父亲是谁，你以为你那么能干，你一个人就能生？

何雨来又笑了，说，哈哈，哈哈，孩子父亲？我不知道。

何开来说，你不想说，我也不勉强。

何雨来摸了摸肚子，孩子好像在里面动，何雨来高兴起来，装模作样说，宝宝乖，宝宝乖，他们问你父亲呢。你父亲谁啊？不好意思，确实不知道。

何开来说，你真不知道？

何雨来说，不知道。问个不停干吗，那么多男人，我哪知道。

胡闹。何开来突然大声说。

你那么大声干吗？吓着孩子了。何雨来抗议说。

何开来只好轻点儿声，又说，胡闹，你一直在胡闹，你怎么可以这样生孩子？

何雨来说，怎么不可以？我就想生个孩子，也不行吗？

何开来说，不行。走，马上去引掉。

何雨来说，哼，你管不着，你去死。

何开来说，你真要生下来？

何雨来说，当然。

何开来说，你疯啦。

何雨来说，我没疯，我就想生孩子。

何开来觉着她是疯了，没疯怎么会这样生孩子？何开来过去揪住了她的一只胳膊。何开来的表情极为严肃，他很少有这种表情。何雨来看着，也是陌生的、害怕的，甚至惊恐了，她叫着，放开我，你放开我。

何开来说，走，去引掉，我陪你去引掉。

何雨来说，不可能。

何开来使了使劲，试图把她拉走，何雨来也使劲，就是坐着不动，她的另一只手本能地护着肚子，好像担心何开来伤了她的孩子。何雨来恼怒说，别拉我，我是孕妇，你不能这样拉我。

何开来说，听话，快去引掉，等生下来，后悔就来不及了。

何雨来说，我不后悔。

何开来说，你走不走？

何雨来说，不走！

何开来又一使劲，何雨来全身抽动了一下。她站了起来，朝何开来怒目而视，哥，你放不放手？我警告你，我是孕妇，连警察也不敢这样拉我。

何开来说，我不是警察，我是你哥。

何开来不放手，何雨来拼命挣脱，但是根本无法挣脱，何雨来扑上去，往何开来绷紧的手臂猛咬了一口，只听见何开来一声惨叫，手就松开了。

何雨来站在我们面前，像只愤怒的母兽，眼睛也红了，还朝何开来怒目而视，神色是从未有过的威严，完全是神圣不可侵犯的样子。何开来抖着被咬的手臂，像在看一头他没见过的怪物，又惊又惧，又不可理解。何开来恨声说，好，好，我再不管你。

何雨来说，哼，你再拉我，我跟你拼了。

我跟何开来一样，以为何雨来一定是疯了，我更不敢惹她，我们几乎是逃回来的。几天后，我又想起何雨来，孩子若真生下来，连父亲是谁也不知道，多荒谬啊。我说，何开来，你还得管管吧？何开来恨恨地道，我管，我怎么管？我让她再咬一口？为了说明他不管是有理由的，他卷起袖子给我看伤口。牙印很深，一圈瘀血，并且溃烂了，何雨来确实够狠的。我说，你不管，那怎么办？何开来说，要管你管，反正我不管。何开来还在生气，觉着他已经尽到了责任，孩子再生下来，跟他也没有任何关系。

何开来不管，我又能怎么着，何雨来就没人管了。

这期间，我回家看过她几次，还带了些孕妇吃的补品。何雨来见我没有恶意，还带了补品，好像是在支持她生孩子了，她对我也就不再那么鄙夷。

其实，她除了执意要生孩子，别的倒是比任何时候都更正常。她完全像个合格的孕妇，一门心思都在孩子身上，按时睡觉，按时起床，按时吃饭，该补钙时补钙，该补碘时补碘。听说多吃巧克力孩子更爱笑，她就多吃巧克力。她也买了《父母必读》《孕妇百科》《胎教音乐》之类的书和磁带，一边胎教一边学习怎样做母亲。她好像变成了另一个人，连邻居也觉着她变了，不吵了，不闹了，变好了。我都快忘了她是个不可救药的吸毒者，看来，母性确实是个伟大的东西，它可以改变女人，就是何雨来这样的人，也可以改变。

她的孩子在一九九九年十二月二十九日出生，是个男孩，六斤四两重，哭声响亮，很健康的样子。何雨来非常安详、满足、幸福，一点儿也不觉着孩子没有父亲有什么不妥。别人问她丈夫怎么不来陪，她也照直说，她没有丈夫。不过，遗憾还是有的，孩子还是生错了时间，他在十二月二十九日出生，再过两天，就是新千年了，他为什么就不能再等两天，在二〇〇〇年一月一日出生呢。何雨来说，她是想生个“世纪婴儿”的，她算过时间，他应该在一月一日生，可他为什么要提前出生啊？那几天，大概全世界的产妇都有这样的愿望，希望自己的孩子再等等，刚好在二〇〇〇年一月一日出生。我说，你真的算过？何雨来说，算是算过，但我不知道哪天怀上的，那时我还没想过生孩子。我说，那还算过？何雨来说，可是，我真的好想他是个“世纪婴儿”。何雨来这样想，我还是高兴的，这表明她多么渴望新世纪，在我们兄妹三人中，有这种渴望的也就她一人。

上帝好像特别眷顾箫市，新千年的第一缕曙光最早就照在离箫市仅三十公里的海滩上。箫市人早早就在等待千年曙光了，好像千年曙光确实与别的曙光不同。而我对千年曙光并不是很在意，二〇〇〇年一月一日，我在医院照顾何雨来，几乎什么感觉也没有。这天，值得一说的人不是我和何雨来，而是何开来，何开来玩了一场自杀游戏。

现在想起来，何雨来和何开来，面对新世纪都做了他们想做的，一个在生，一个在死，似乎只有我，什么也没做。我只是一个时间的过客、世界的旁观者，我不知道我在活什么、我渴望什么。

何开来大概是对新世纪最无动于衷的一个人。那几天，箫市骤然吸引了全世界的目光，箫市人在过一个千年不遇的盛大节日，到处都是奔向新世纪的大红标语，到处都喜气洋洋，就连杜圆圆的蛋糕房，生意也忙得不行，好像人们已经不吃饭，只吃蛋糕了。何开来照例是躲在房间里睡觉，杜圆圆说，街上这么热闹，你也不出去走走。何开来说，有什么好看的。杜圆圆说，奔向新世纪啊，大家都在奔向新世纪。何开来笑了，是嘲笑。何开来说，奔向新世纪？奔吧。

但是，当文如其硬要拉他去看千年曙光，他勉强也去了。

三十公里外的海滩一带，聚集了无数的人群，何开来和文如其站在一处斜坡上，干巴巴等了三小时，终于看见太阳从海平线上很平淡地出来了。何开来说，开始一点儿也不像太阳，而像是涂了口红的女人的嘴唇，有点儿性感，慢慢地那嘴唇越张越圆，红红的就成一轮日出了。何开来觉着这日出跟他没有什么关系，于是就想起妓女陈白露的台词：太阳出来了，但是太阳是他们的，我要睡觉了。

何开来沐着一点千年曙光回来，一直睡到下午四点，他突然觉得这个日子还是不错的，应该在今天死去。他有点儿兴奋地走进书房，打开电脑坐了下来，开始思考死亡，好像死亡就在电脑屏幕后面等他。他写了一封遗书。

我懒得活了，我需要死亡。

我郑重声明，我的死亡纯属本人的理性选择，与任何人无关。

自杀，是一件严肃的事情，同时也是最有尊严的一种死法。所谓自然死亡，不过是被细菌抑或病毒杀死，人被那么小的玩意儿弄死，是多么可笑。自杀，无论如何维护了我作为一个人的尊严。

但我也没觉着做人有什么意思。

我研究了各种死法，最终我选择跳楼，我喜欢那种凌空而下的感觉。

尸体处理就只有麻烦别人了，在此，我先谢过。

特别麻烦胞妹何燕来，请将我的骨灰撒在虹桥下面的水中喂鱼或别的水中生物。虹桥周围居民若不准许，不妨趁夜间无人之时偷撒，但务必把我撒在此处。其实，我并不知道我为什么要求把骨灰撒在此处，想必冥冥中自有安排。

我的亲人，我的好友，请别为我悲伤，死，没什么好悲伤的。

何开来于2000年1月1日

何开来给自己加了一件黑色风衣。的确，穿风衣跳楼是再合适不过了。但他还得修饰一下，毕竟是去死，要庄重一些的。他走进卫生间，对着镜子，仔细地刮了胡子，又在脸上抹了些润肤霜。他觉着他就像殡仪馆的化妆师，在给谁的尸体化妆。然后，他看着镜中的那个人，毫无表情地说，你是谁？我不认识你，但是，我祝贺你，现在，你可以死了。

他出门时，天已经暗下来了，街上新千年的欢庆气氛也快散尽了，何开来稍微又有些茫然，虽然他选择了跳楼，但跳哪座楼还是不明确的。他走了一段路，当他远远看见新世纪大厦楼顶的霓虹，才明白他当然应该在新世纪楼顶往下跳。新世纪有二十八层，在箫市也是最高的建筑之一了，顶层有个醒客茶楼，一半屋内，一半露天，在露天的那一半往下跳，应该是很畅快的。而且跳楼前，可以很悠闲地先喝杯茶。据说通往地狱的途中，得过一座奈何桥，桥上有孟婆楼，楼上有孟婆茶，凡死人若想进入地狱，都必须喝上一杯孟婆茶，由此可见，跳楼前先喝杯茶也是十分正确的，并且很快可以比较地狱的茶和人间的茶究竟哪种好喝。

何开来这样想着，就到了醒客茶楼。他要了一杯西湖龙井。此刻，尚不是喝茶时间，楼内茶客稀少，或者就他一人。何开来说，他专注于死亡，只觉着周围很安静，甚至寂静，没注意是否还有他人。他喝了三杯茶，茶确实是醒人的，他觉着自己格外清醒，可以跳楼了。他走向了露天楼顶，他的双手摁在了水泥护栏上，外面是黑夜，黑夜的下面万家灯火，毫无意义地亮着，活像一个人间地狱。何开来想，我要跳了，我就要跳了，但是，护栏的灰尘沾了他的手，他觉着脏，他拍了拍手，又拍了拍手，突然，他竟兴致索然，懒得跳楼了，并且洗手去了。

死亡游戏大概是很激动人心的，而且是要与人分享的，第二日，何开来神色诡异地把我叫进书房，请我欣赏一件东西，没想到竟是他的遗书。我惊骇地看着他，他可一点儿也没有死的意思，快活地晃着一个脑袋，分明是自我陶醉。

不懂吧？他指着自己的遗书说。

不懂。我说。

他做了一个我最熟悉的表情——翻白眼，然后得意地说，我这是形而上之死、纯粹理性之死、为死而死，是所有死人中，死得最厉害的一个，在自杀史上不是空前绝后，也是承前启后。

我说，可是，你为什么不跳？

何开来说，要跳的，我先告诉你，我的遗书在任何时间都有效，你别忘了帮我撒骨灰。

我说，还是杜圆圆撒合适吧。

何开来说，不。

何开来忽然泄了气，脸上的陶醉感不见了，立即代之以某种厌倦感，我觉着他和杜圆圆大概是不会长久的了。

一天，那位传授减肥秘方的老中医来杜圆圆的蛋糕房买蛋糕，杜圆圆顺便就问了问，我一直在用你的秘方减肥，怎么不见效？老中医望了望杜圆圆，说，你洗完香薰油浴后都干什么？杜圆圆说，睡觉。老中医笑而不答提着蛋糕就走了。杜圆圆觉着他的笑容后面有秘密，又追出去问，有什么不对吗？老中医说，也对也不对。杜圆圆央求说，快告诉我，哪儿不对？老中医这才神秘兮兮地说，我先问你，你们夫妻关系怎样？杜圆圆说，挺好的。老中医说，那好，我告诉你，这香薰油浴只是个药引，是用来引诱你老公的，你洗完澡，身体润滑，香气袭人，你老公自然就想跟你做那事。那是一项运动，一次相当于五千米长跑，如果天天做，那还不减肥？老中医还想说下去，但杜圆圆羞得逃回了蛋糕房。

杜圆圆再想想老中医的话，又觉着老中医的话是对的。不管怎样，老中医的话引发了她想过正常夫妻生活的愿望。这个晚上，洗完澡的杜圆圆背又痒了，无论如何她要让何开来帮她搔一搔。何开来说，你不是有痒痒挠？杜圆圆说，我要你搔。何开来说，自己搔。杜圆圆说，不嘛，我就要你搔。何开来没办法，只得帮她搔一次。搔痒的中间，杜圆圆把老中医的话重复了一遍，不料何开来听了，立即把手缩了回去，不搔了。何开来冷笑说，这哪是减肥秘方，这是黄段子，什么老中医，我看是个老流氓。说完就不理杜圆圆，回书房去了。

此后，杜圆圆变得有些怪异起来，本来该她睡觉的时间，她却不睡，手中抓着那个痒痒挠，在楼梯上走上走下，并且将脚步踩得很响，吵得我也只好跟着不睡，听她的脚步声。一次，我开门出去，她看见我，好像有些慌乱，尴尬地说，你还没睡？我说，你在做什么啊？她说，不做什么，我走走，我随便走走。然后她就想躲开我似的，加快了脚步往三楼走，手中的痒痒挠在面前有节奏地摆动着，好像在给空气搔痒。

有时，我在半夜听见楼上的敲门声，大概是杜圆圆在敲何开来的房门，其间还夹杂着杜圆圆的只言片语，比如：睡，不睡；来，不来；做，不做。我不知道她半夜三更在做什么，好像是在讨好何开来，可这种讨好显然效果不佳。她白天变得无精打采，而且脾气也坏了，似乎看见什么都不顺眼，尤其是何开来的那只小哈巴狗。小哈巴狗点头哈腰的，明明是来讨好她，而她无端地就给它一脚，害得狗儿都不知道该怎样跟她交往，垂头丧气，快要得忧郁症了。

她的第二个发泄对象是保姆。事情的起因简直微不足道，她让保姆帮她拿根牙签，保姆不小心将牙签盒子掉到了地上，她眼一瞪，便破口骂了起来，你做什么用，一根牙签也拿不牢，猪手啊。保姆说，我捡起来就是。她说，捡起来还有用？保姆说，有用，又没脏。她说，还没脏？掉地上了还没脏？保姆说，就是没脏。杜圆圆突然一巴掌就扇到了保姆脸上，保姆捂了脸，惊叫道，你打我？杜圆圆摆出主人的架势，蛮横地道，就打你，哼，你顶嘴，看你顶嘴，你给我滚，我不要你了，现在就滚。

打了保姆，杜圆圆却愈发生气了，好像不是她打了保姆，而是保姆打了她。我看着生气的杜圆圆，觉着我也该找个时间滚了。等保姆收拾了东西，准备要走，杜圆圆又恢复了正常，上前说，你真走？保姆说，不是你叫我走？杜圆圆拉了保姆的手说，你别走，是我不好，我不该打你，我不是有意的，我就是想发火，我就是想吵架，你也打我一下吧。说着，杜圆圆自己竟然哭了起来。

杜圆圆这么异常，我似乎明白，又似乎不明白。她和何开来一定是在纠缠。果然，戏剧性的一幕很快就出现了。那晚，我已经睡着，忽然被楼上的响动惊醒，我侧耳细听，是杜圆圆在吵架，杜圆圆的声音透过楼层传来，压抑、痛苦、含混，像是被掐着脖子，那种声音是很让人紧张担忧的。再一会儿，又传来急促杂乱的脚步声，我以为他们打架了，翻身起来开了门，正好看见何开来从楼上跑来。他只穿着条裤衩，好像不是在跑，而是在滚，轰轰隆隆地就到了楼下。杜圆圆在后面追，也只穿着条裤衩，猛一见我，像是被点了穴道，定那里不动了。她看看我，又看看我，便放弃了追捕，进了我的房间。

杜圆圆拿被子裹在身上，她的身子在里面发颤，不知是冻的，还是气的。颤了一会儿，杜圆圆愤恨地说，你哥！

我说，嗯。

杜圆圆说，你哥，我们这叫什么夫妻？

我说，嗯。

杜圆圆说，哪有夫妻长期不一起睡的？

我说，嗯。

杜圆圆说，哪有这样的男人？

我说，嗯。

杜圆圆说，他不要我，他还侮辱我。

我说，啊？

杜圆圆说，他叫我去找别的男人。

我说，啊？

杜圆圆说，哼，你以为我不敢。

我很懊悔开了房门，他们的事，我能说什么呢。

几天后，大约凌晨四点了，何开来来敲我的房门。我睡眼惺忪地起来，何开来立在门口，穿着睡衣，胸前两道触目惊心的血迹从胸口一直抹到腹部，我惊叫道，你……何开来平淡地说，没什么，先上楼。

杜圆圆坐在何开来房间的地板上，下半身全是血，地板上也是血，正在往外溢，她坐在自己的血中间，却格外平静，像是在参禅打坐。见我进来，她一抬头，脸上是我完全不解的一种神情，快乐、幸福、沉醉。杜圆圆笑着说，你别怕，不是你哥杀的，是我自己杀的，他居然锁门，不让我进，我还是进来了。本来我想捅他一刀的，但他睡着了，我下不了手，我就给了自己一刀。她指了指床头柜上一把瘦长的刀子，刀尖沾着血，又指了指自己的大腿内侧，表示刀刺的部位。何开来换了衣服说，行了，行了，上医院吧，再不去，就要死人了。杜圆圆嘴一咧，近乎撒娇说，没事，我胖，我血多，流点儿血没关系。

我和何开来，一人扶她一只胳膊下楼。这个时间，叫不到出租车，杜圆圆车是有的，可我和何开来都不会开车。杜圆圆想了想，说，还是我自己开吧。何开来说，你、你还会开？杜圆圆说，不是一样的。她就让我们扶她进驾驶座，一只手按着大腿一只手开车，我和何开来坐在后面，那情形一点儿不像我们送她上医院，而是她送我们上医院。何开来大概也觉着这样很别扭，他干脆扭头看着窗外，不让我看见他的脸。

到了医院，杜圆圆就晕过去了，大概是流血过多，不过还好，医生说不会有危险。我和何开来守在她边上，何开来显得极为厌烦，不停地躲到外面抽烟。熬到天亮的时候，何开来面无表情地说，你陪她，我出去走走。

我没想到何开来是逃走了，他这一走，就再没有回来。两小时后，他给杜圆圆打了一个电话。

何开来说，醒了。

杜圆圆说，醒了。

何开来说，我走了，我在去北京的火车上，我不会回来了，我们离婚。

杜圆圆说，你说什么？你胡说！

何开来说，我没胡说，我再重复一遍，我们离婚。

杜圆圆想再说什么，可何开来一句也不愿多说，把电话关了。那一刻，我不知道杜圆圆的心是否碎了，但我看见她的脸是碎了，她僵在病床上，裸露的脸部好像风化了，慢慢地裂成了无数块。

何开来逃走，我还住在杜圆圆家就更不合适了，我是在她出院后的第三天搬回家的。此时，杜圆圆看上去恢复了正常，她还是挽留我的，她说，你哥走了，你也走？你不用走，我不会跟他离婚的。他一个人在北京怎么生活，他又不会赚钱，我准备每月给他寄钱，他会回来的。他不回来，你也别走，我们俩不是合得很好嘛。但我还是回家了，我说，何雨来生了孩子，需要照顾，我们毕竟是双胞胎。

何雨来也欢迎我回家，这段时间，直到她再次被警察带走，算是我们从小以来相处得最融洽的一段时光。她很喜欢孩子，她给孩子取名何幸，是何等幸福的意思，也有何其不幸的意思，这名字我也觉着不错。小何幸确实爱笑，大概是她怀孕期间多吃巧克力见效了吧。孩子在一天天长大，何雨来的体形也恢复得很快，我们俩站在一起，还是蛮像的，我们经常玩的一个游戏就是让孩子辨别谁才是他的妈妈。

小何幸满十个月那天，一群警察包围了我们家，何雨来被指控贩毒，虽然我不知道她竟是毒贩，但一个吸毒者从吸毒到贩毒也不算太意外。何雨来被捕时，表现得还不错，而且相当从容，好像她早知道有这么一天。她抱着孩子亲了又亲，然后头一甩，说，姐，何幸交给你了。

何雨来轻松地走了，而我现在却必须代替她去做一个母亲，这于我未免有些荒诞。我是要上班的，不能做专职母亲，我只好再雇一个保姆，我的工资本来就不多，因此，像任何一个单亲家庭，活得很艰难。但小何幸还是可爱的，邻居们都说，长得很像小时候的何开来。何开来尽管是个废物，可长得像小时候的何开来，也没什么不好。我的生活大概就这样了，好像我这辈子的目的，就是把一个简直没有任何理由来到这个世界的孩子带大。

图书在版编目(CIP)数据

陌生人 / 吴玄著. — 北京 : 中国文史出版社, 2020.2

(中国专业作家小说典藏文库 · 吴玄卷)

ISBN 978-7-5205-1466-8

Ⅰ. ①陌… Ⅱ. ①吴… Ⅲ. ①长篇小说-中国-当代 Ⅳ. ①I247.5

中国版本图书馆 CIP 数据核字(2019)第 248082 号

责任编辑：薛未未

出版发行：中国文史出版社
社　　址：北京市海淀区西八里庄 69 号院　邮编：100142
电　　话：010-81136606　81136602　81136603（发行部）
传　　真：010-81136655
印　　装：北京东君印刷有限公司
经　　销：全国新华书店
开　　本：720×1020　1/16
印　　张：10.75　　字数：110 千字
版　　次：2020 年 2 月第 1 版
印　　次：2020 年 2 月第 1 次印刷
定　　价：52.00 元